Para Marjolaine, la gran diosa creadora,
y Clémentine, la pequeña elfa traviesa.
R. M.

Para Maître Mô. Te echamos de menos, Jean-Yves.
Pero estoy seguro de que encontrarás champán
en el Valhalla.
J.-C. P.

A mis padres y a Damien, gracias por vuestro
apoyo inquebrantable. A Nouchka, mi diosa
en el paraíso de los gatos.
A. C.

LOS
DIOSES
NÓRDICOS

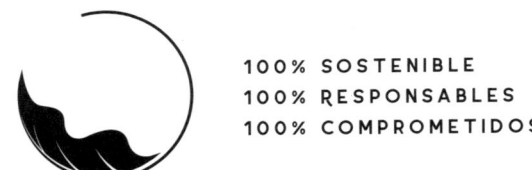

100% SOSTENIBLE
100% RESPONSABLES
100% COMPROMETIDOS

ASÍ HEMOS HECHO ESTE LIBRO

 Salvo casos excepcionales, trabajamos con una empresa papelera que funciona con bio-combustibles locales y se abastece de los bosques cercanos, que gestiona de forma estrictamente sostenible. Ha implantado voluntariamente el Reglamento de la Unión Europea de Ecogestión y Ecoauditoría, y WWF la considera una de las fábricas más sostenibles del mundo.

 Allí fabrican el papel interior y exterior con el que se ha hecho este libro, con unas emisiones certificadas de 365 kg de CO_2 por tonelada de papel: un 50 % menos que la media europea y un 75 % menos que la media española. En otras palabras: uno de los papeles más sostenibles del mercado (además de tener las certificaciones FSC, PEFC, ISO9001, ISO14001 y EU Ecolabel).

 Uno de los mayores problemas ecológicos a la hora de fabricar papel (y de hacer libros) es el consumo de agua: la media europea está entre 10 y 15 litros por kilo según la European Enviromental Agency. La fabricación del papel interior y exterior de este libro ha consumido sólo entre 3 y 4 litros por kilo de papel.

 Queremos eliminar todos los materiales de origen fósil de nuestros libros y de nuestro trabajo. Por eso este libro no está plastificado (si lo estuviera, su tirada habría consumido más de 500 m² de plástico).

 El transporte del papel desde la empresa papelera hasta la imprenta se hace, en buena medida, en trenes de larga distancia, e imprimimos a menos de 300 km de nuestra oficina, todo lo cual nos permite reducir notablemente las emisiones contaminantes.

 Una vez fabricados los libros, los envíos que dependen de nosotros se realizan mediante una mensajería con una de las flotas eléctricas más importantes de España (no es perfecto, lo sabemos, pero supone un primer ahorro de emisiones). Además, el 100% del personal es contratado y cobra un sueldo fijo, no por entregas (algo fundamental para garantizar formas de conducción más seguras para los trabajadores y más sostenibles para el planeta).

 Toda la energía utilizada para editar este libro es 100 % energía verde renovable y certificada. Además proviene de una cooperativa de la que nuestra editorial es miembro, de modo que consumimos la energía que previamente producimos en instalaciones solares, eólicas o de biomasa.

 Todos los recursos económicos utilizados para editar este libro estaban depositados en la banca ética, y allí llegarán también los beneficios (¡esperemos que los haya!). De este modo garantizamos que este dinero sólo revertirá sobre proyectos sostenibles, con un interés social, cultural y medioambiental, sin inversiones en la economía de las energías fósiles.

Si quieres más información sobre estas cuestiones puedes leer el apartado «Compromisos» de nuestra página web o escribirnos a info@erratanaturae.com.

LOS
DIOSES
NÓRDICOS

RAPHAËL MARTIN
JEAN-CHRISTOPHE PIOT
AMÉLIE CLAVIER

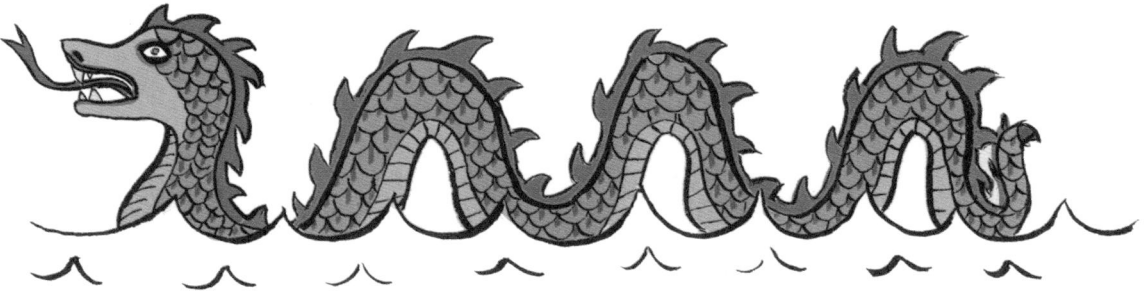

TRADUCCIÓN DE
DIEGO DE LOS SANTOS

errata naturae

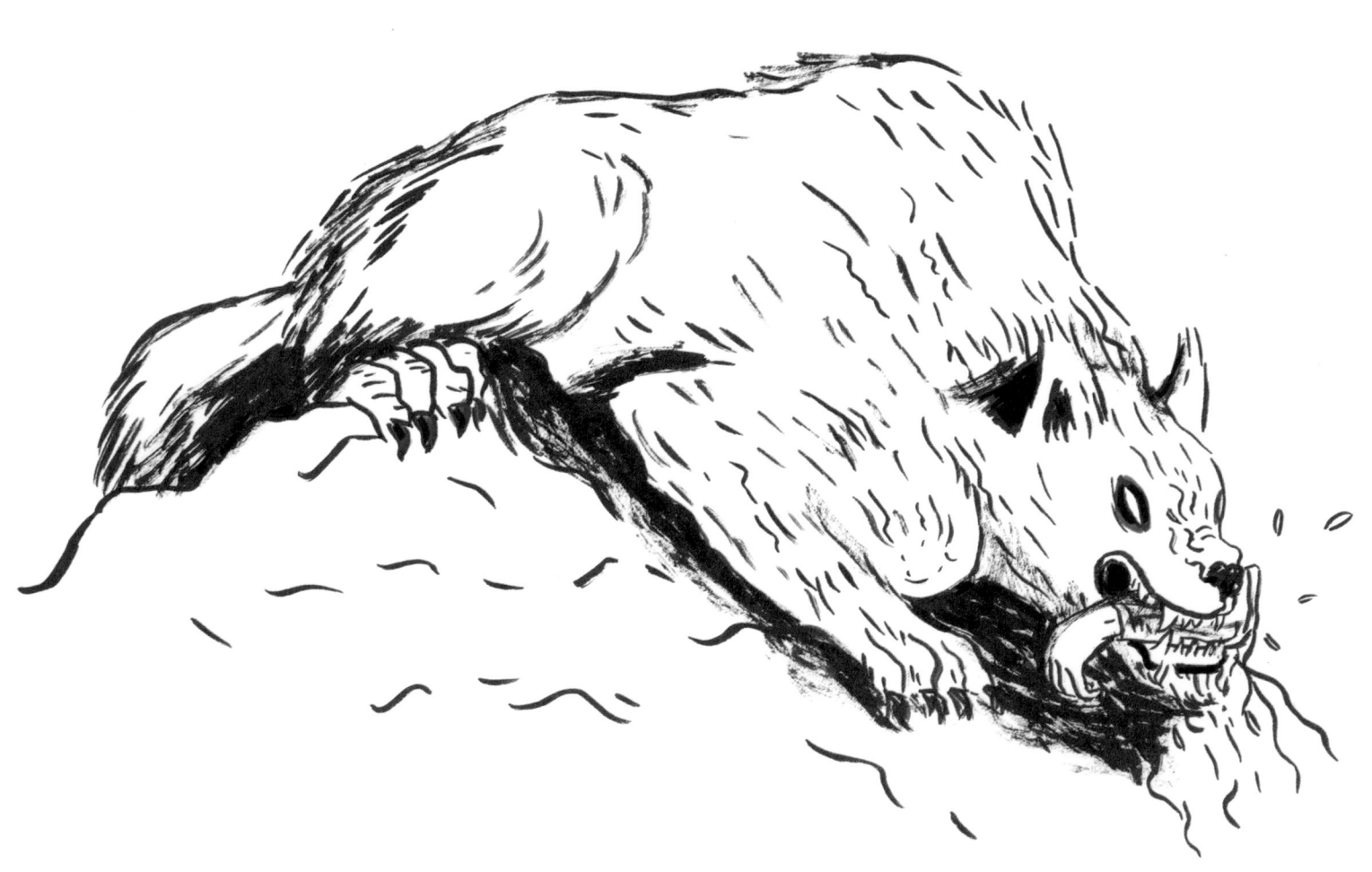

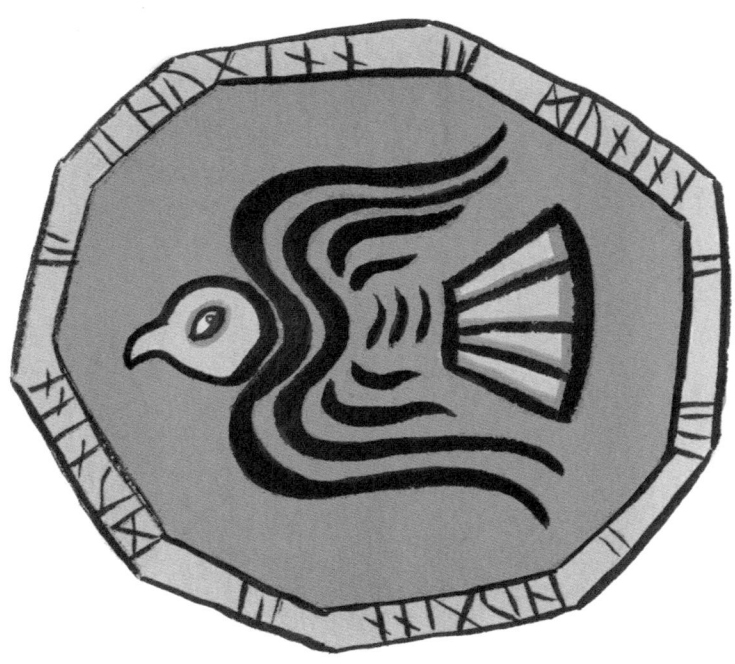

INTRODUCCIÓN

Joyas con formas raras, runas grabadas en rocas, armas primorosamente decoradas y barcos de guerra... Los pueblos que vivían en Noruega, Islandia, Suecia o Dinamarca en la Edad Media no nos han dejado templos tan majestuosos como los de los griegos ni ciudades tan grandes como las de los romanos, pero su legado no es menos importante: sus relatos, esas extensas sagas repletas de aventuras y misterios, de monstruos, gigantes, dragones y deidades. ¡Y vaya dioses y diosas! La simple mención de sus nombres aún nos asusta un poco: el misterioso Odín, tuerto y clarividente; Thor y su martillo Mjölnir; la poderosa Freya o el astuto Loki, siempre dispuesto a jugar una mala pasada...

Antes de reaparecer entre los superhéroes actuales, los dioses de Asgard marcaron el compás de los días y las noches de los escandinavos que los amaban, los temían y les rezaban antes de salir de pesca, cultivar los campos o lanzarse a la aventura a través de los mares. Siempre estaban ahí, familiares, pero también imprevisibles e inquietantes, como las tierras frías y nevadas de las que procedían aquellos a los que nos hemos acostumbrado a llamar «vikingos». Ha llegado el momento de ir a su encuentro... sin bajar la guardia.

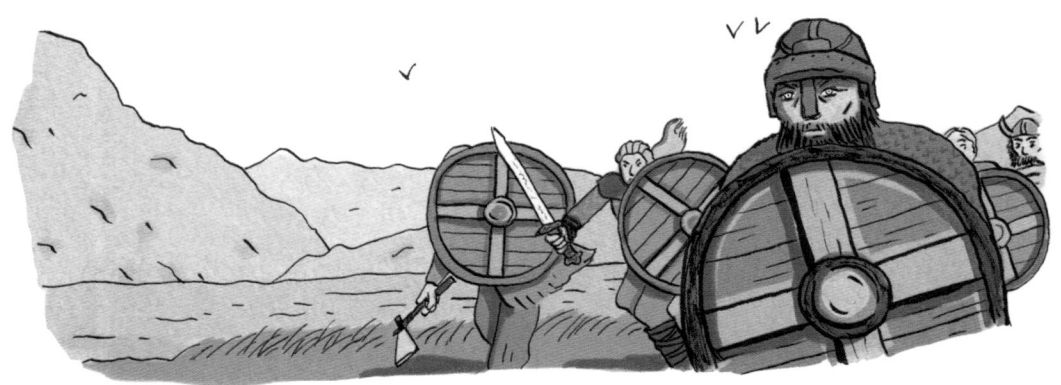

ALGUNAS CURIOSIDADES SOBRE LOS VIKINGOS…

Entre los siglos VIII y XI, los pueblos del mundo escandinavo comenzaron a dar que hablar en toda Europa. Desde Inglaterra a Turquía, pasando por Rusia, quienes se cruzaban con ellos no olvidaban fácilmente su encuentro con los pueblos del norte. Sin embargo, pasaron los siglos y los recuerdos se esfumaron… Por Odín y por Thor, ¿quiénes eran en realidad aquellos a los que nos hemos acostumbrado a llamar «vikingos»?

•

¡NO TODOS LOS VIKINGOS ERAN VIKINGOS!

Cuando pensamos en un vikingo, de inmediato se nos viene a la cabeza un guerrero brutal, armado con un hacha y dispuesto a asolar el poblado que se cruce en su camino. Y no es del todo falso: cuando desembarcaban, procedentes de Dinamarca, Suecia o Noruega, sus visitas podían acabar mal… ¡pero ese es un retrato incompleto! En su idioma, el nórdico antiguo, la palabra «vikingo» no designa un pueblo, sino el modo de vida pirata. ¡Y el pillaje solo era una de las «ocupaciones» de los vikingos! Además, en la Edad Media la gente los conocía como *nortmanni*, «hombres del norte». Lo de los vikingos vino después.

ATERRORIZABAN A TODA EUROPA

No es casualidad que dieran tanto miedo. Durante siglos, toda la cristiandad recordó el desembarco de una horda de vikingos en Lindisfarne, en la frontera entre Escocia e Inglaterra, a principios del verano del año 793. Fue un episodio sangriento: mataron a los monjes y saquearon el monasterio antes de quemarlo en nombre de Odín y marcharse por donde habían venido. Los supervivientes, aterrorizados por la brutalidad del ataque, alertaron al resto de países europeos. De ahí su mala reputación…

•

UNOS GUERREROS TEMIBLES (Y ASTUTOS)

Atraídos por unos combates que ganaban con facilidad, los piratas del norte volvieron enseguida al ataque. Incluso cuando sus víctimas comenzaron a organizarse mejor, a menudo demostraron ser más astutos, sin duda inspirados por Loki, dios del engaño. ¿Una de sus artimañas favoritas? Elegir siempre el momento oportuno: por ejemplo, cuando los vecinos de la localidad estaban en misa… ¡La ocasión hace al ladrón!

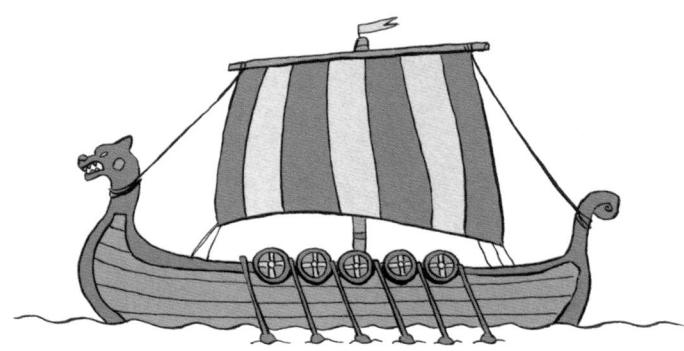

COMERCIANTES Y MERCADERES

Otro error consiste en creer que los vikingos formaban un solo pueblo, con las mismas costumbres, el mismo modo de vida y un único soberano. Por supuesto, tenían cosas en común: los dioses y leyendas en los que creían, las lenguas que hablaban y las técnicas y oficios que dominaban. Por otra parte, aunque no conozcamos a todos los reyes y reinas escandinavos de aquella época, sí sabemos que en Escandinavia hubo multitud de reinos, unos enemigos y otros aliados. ¡Como en cualquier lugar!

·

VIAJEROS Y COMERCIANTES

¿Qué hacían los vikingos, aparte de explorar Midgard (la Tierra) y apoderarse –a veces– de riquezas, ganado y cosechas ajenas? En sus tierras se dedicaban a la pesca, la ganadería, la artesanía o la agricultura. Otros se ganaban la vida como mercenarios o guardaespaldas de reyes y señores que conocían su reputación como soldados, pero, ante todo, y gracias a sus expediciones, eran grandes comerciantes. Vendían o intercambiaban productos autóctonos: ámbar, maderas nobles, joyas, pescado, pieles... y, por desgracia, esclavos. En Inglaterra, en Francia y hasta en Oriente conseguían las armas, vajilla, vino o especias que no se encontraban en Escandinavia.

NAVEGANTES Y EXPLORADORES

Si los vikingos eran buenos comerciantes, aún se les daba mejor navegar y explorar los mares... ¡y sin mapa ni brújula alguna! Zarpando desde Dinamarca, Suecia o Noruega, no tardaron en llegar a las costas de Islandia, Groenlandia, Inglaterra, Irlanda y Francia antes de recalar en Portugal y España y, más tarde, en el Mediterráneo. También se aventuraron en el mar del Norte, donde alcanzaron Alemania, los países bálticos y Rusia, y luego bajaron hasta el mar Negro. ¡Si hasta descubrieron el Nuevo Mundo mucho antes que Cristóbal Colón! Se han encontrado vestigios de sus campamentos en Canadá, en la isla de Terranova. Pero allí no se quedaron...

·

BARCOS LEGENDARIOS

Hace falta valor para atreverse a surcar mares ignotos. Además de rezar a Thor para que aplaque a las tormentas, es necesario contar con buenas embarcaciones para comerciar o combatir. Todo el mundo conoce los más famosos, los *drakkares*... ¡que tampoco se llamaban así! La palabra, que en sueco moderno significa «dragón» —uno de los animales que los artesanos tallaban en las proas para decorarlas—, ni siquiera existía en aquellos tiempos. Estos barcos de guerra, a los que preferimos llamar *langskips*, eran lo bastante ligeros para remontar los ríos, lo bastante sólidos para navegar por alta mar, lo bastante veloces para huir rápidamente y lo bastante grandes para transportar a sesenta u ochenta pasajeros, que se convertían en remeros cuando no bastaba con la fuerza del viento. ¡Eran verdaderas joyas de la tecnología!

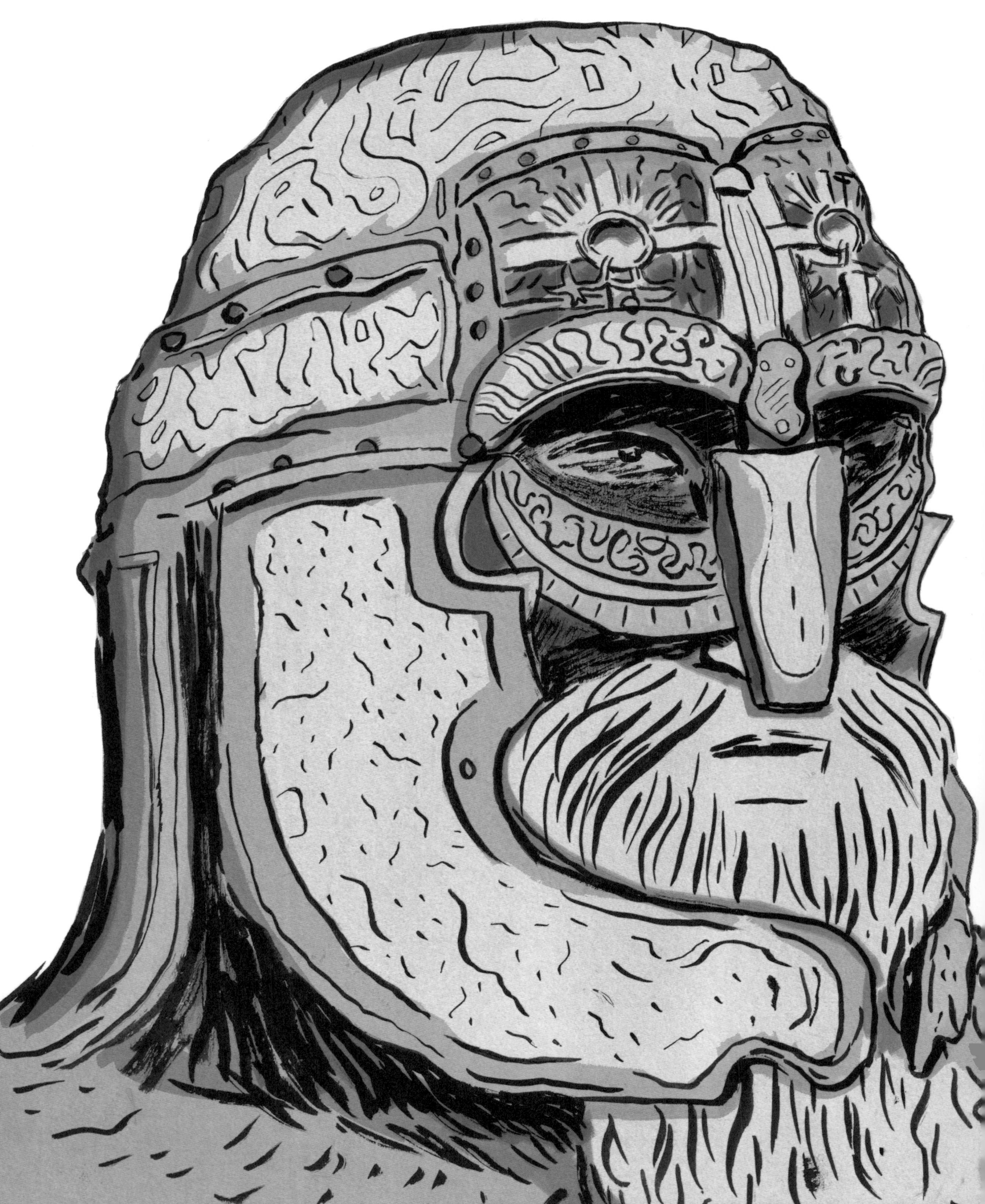

ÍNDICE

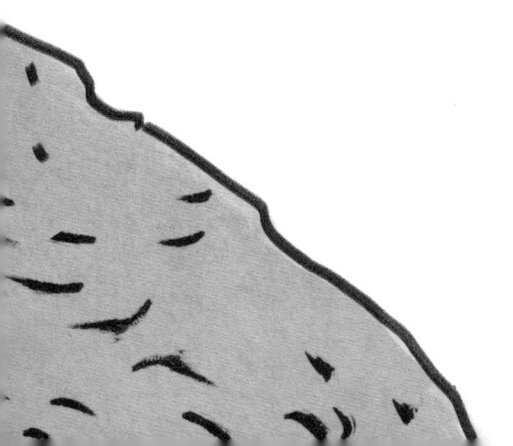

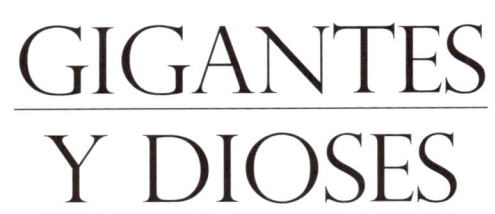

GIGANTES
Y DIOSES

EN EL ORIGEN DEL MUNDO

¿Qué había antes de los seres humanos? Esta es la asombrosa historia que cuentan los vikingos cuando, reunidos en torno al fuego, evocan la creación del mundo. Al principio, este era únicamente un abismo de una profundidad insondable, una sima llamada Ginnungagap, rodeada por dos mundos aterradores. Al norte se hallaba Niflheim, un caos de bloques de hielo atravesado por ríos siniestros. Al sur estaba Muspelheim, un auténtico infierno. Dicho de otro modo: entre esta vorágine de elementos desatados no había lugar para la vida… Hasta que cierto día las nubes abrasadoras de Muspelheim se encontraron con el hielo de Niflheim y este se fundió en las entrañas de Ginnungagap. Entonces sucedió algo increíble: de las profundidades del agujero emergió una figura gigantesca. ¿Era un humano? ¿Un animal? No, la colosal criatura no era ni masculina ni femenina, sino simplemente monstruosa: ¡el gigante Ymir!

•

UNA VACA Y UN COLOSO

En cuanto Ymir se liberó de su prisión, se produjo otro fenómeno igual de fantástico. De la sima surgió una segunda criatura prodigiosa: ¡una vaca sin cuernos!

«Te llamarás Audhumla —dijo el gigante. Y cuando se puso en cuclillas para ordeñarla, añadió con su voz ronca—: Te lo advierto: ¡me muero de hambre!».

En cuanto Ymir agarró las ubres de la vaca, que se dejó hacer sin protestar, comenzaron a manar ríos de leche. ¡Qué suerte para tamaño glotón! El apetito del coloso solo era comparable con su sed de poder, y no tardó en engendrar descendientes tan antipáticos como él.

•

EL ANTEPASADO DE LOS JÖTUNN

¿Cómo logró Ymir reproducirse solo? Es un misterio. Cuentan que sus hijos salieron del sudor de sus axilas, o que nacieron del encuentro de sus dos inmensos pies mientras dormía. Lo que sí es seguro es que heredaron su mal carácter. Jötunn, el nombre por el que se conoce a su raza, significa algo así como «devoradores de hombres». Vivían juntos en el Jotunheim, un reino oculto por una cortina de montañas escarpadas y tupidos bosques. ¿Su pequeña manía? Sembrar cizaña por dondequiera que fueran. Por suerte, estos alborotadores no estuvieron solos en el universo durante mucho tiempo. Enseguida tuvieron que compartirlo con otros seres tan fuertes como ellos: ¡los dioses!

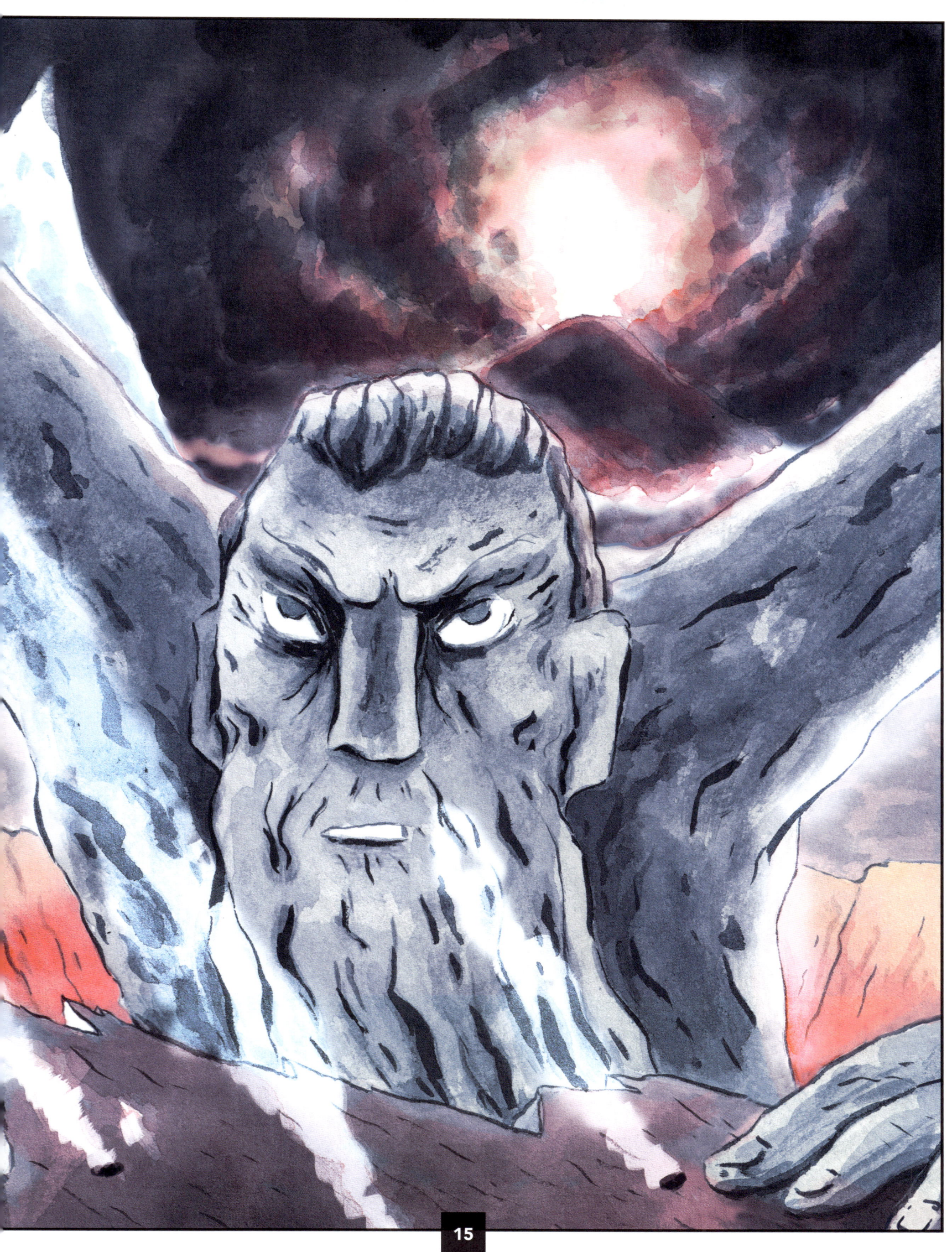

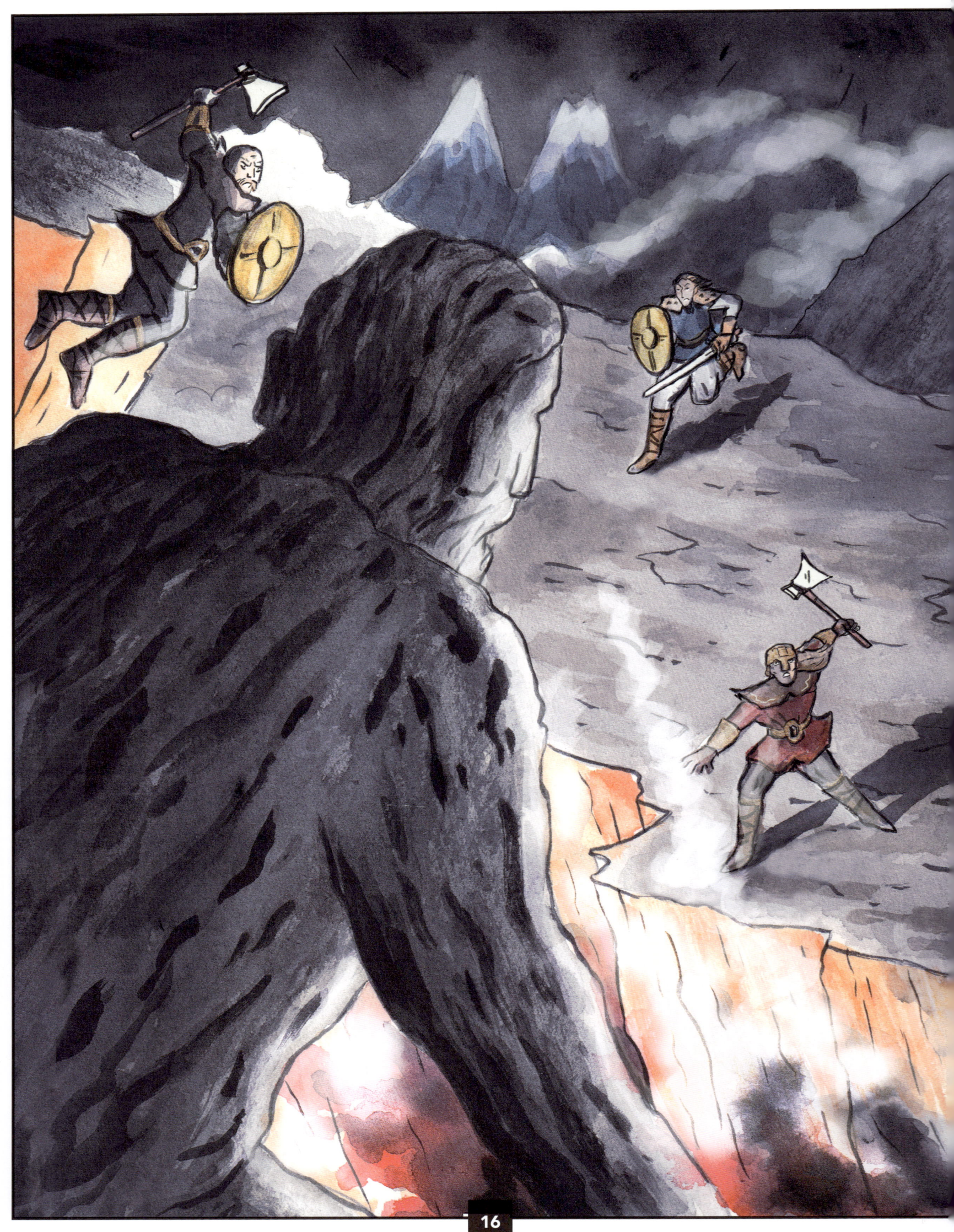

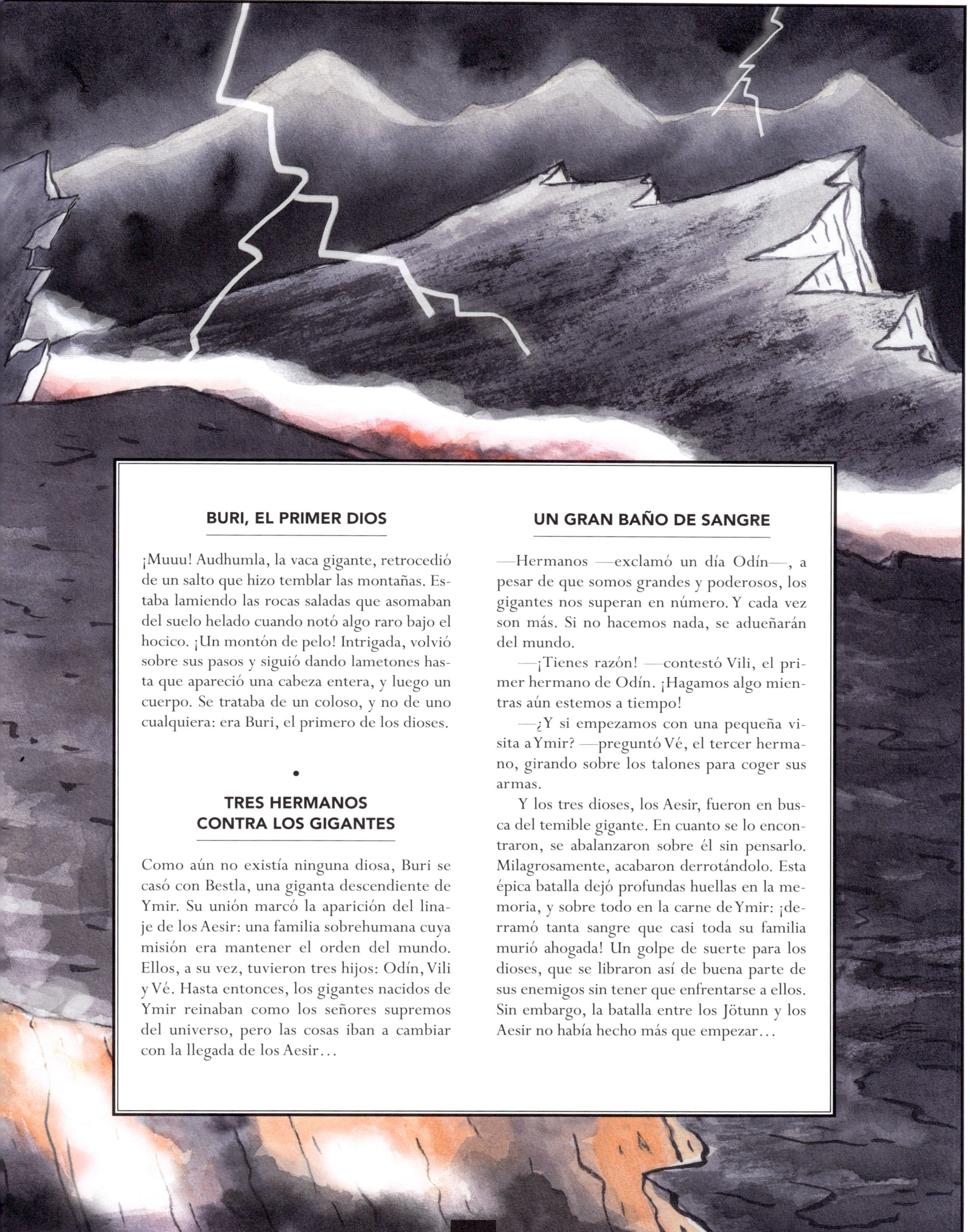

BURI, EL PRIMER DIOS

¡Muuu! Audhumla, la vaca gigante, retrocedió de un salto que hizo temblar las montañas. Estaba lamiendo las rocas saladas que asomaban del suelo helado cuando notó algo raro bajo el hocico. ¡Un montón de pelo! Intrigada, volvió sobre sus pasos y siguió dando lametones hasta que apareció una cabeza entera, y luego un cuerpo. Se trataba de un coloso, y no de uno cualquiera: era Buri, el primero de los dioses.

•

TRES HERMANOS
CONTRA LOS GIGANTES

Como aún no existía ninguna diosa, Buri se casó con Bestla, una giganta descendiente de Ymir. Su unión marcó la aparición del linaje de los Aesir: una familia sobrehumana cuya misión era mantener el orden del mundo. Ellos, a su vez, tuvieron tres hijos: Odín, Vili y Vé. Hasta entonces, los gigantes nacidos de Ymir reinaban como los señores supremos del universo, pero las cosas iban a cambiar con la llegada de los Aesir…

UN GRAN BAÑO DE SANGRE

—Hermanos —exclamó un día Odín—, a pesar de que somos grandes y poderosos, los gigantes nos superan en número. Y cada vez son más. Si no hacemos nada, se adueñarán del mundo.

—¡Tienes razón! —contestó Vili, el primer hermano de Odín. ¡Hagamos algo mientras aún estemos a tiempo!

—¿Y si empezamos con una pequeña visita a Ymir? —preguntó Vé, el tercer hermano, girando sobre los talones para coger sus armas.

Y los tres dioses, los Aesir, fueron en busca del temible gigante. En cuanto se lo encontraron, se abalanzaron sobre él sin pensarlo. Milagrosamente, acabaron derrotándolo. Esta épica batalla dejó profundas huellas en la memoria, y sobre todo en la carne de Ymir: ¡derramó tanta sangre que casi toda su familia murió ahogada! Un golpe de suerte para los dioses, que se libraron así de buena parte de sus enemigos sin tener que enfrentarse a ellos. Sin embargo, la batalla entre los Jötunn y los Aesir no había hecho más que empezar…

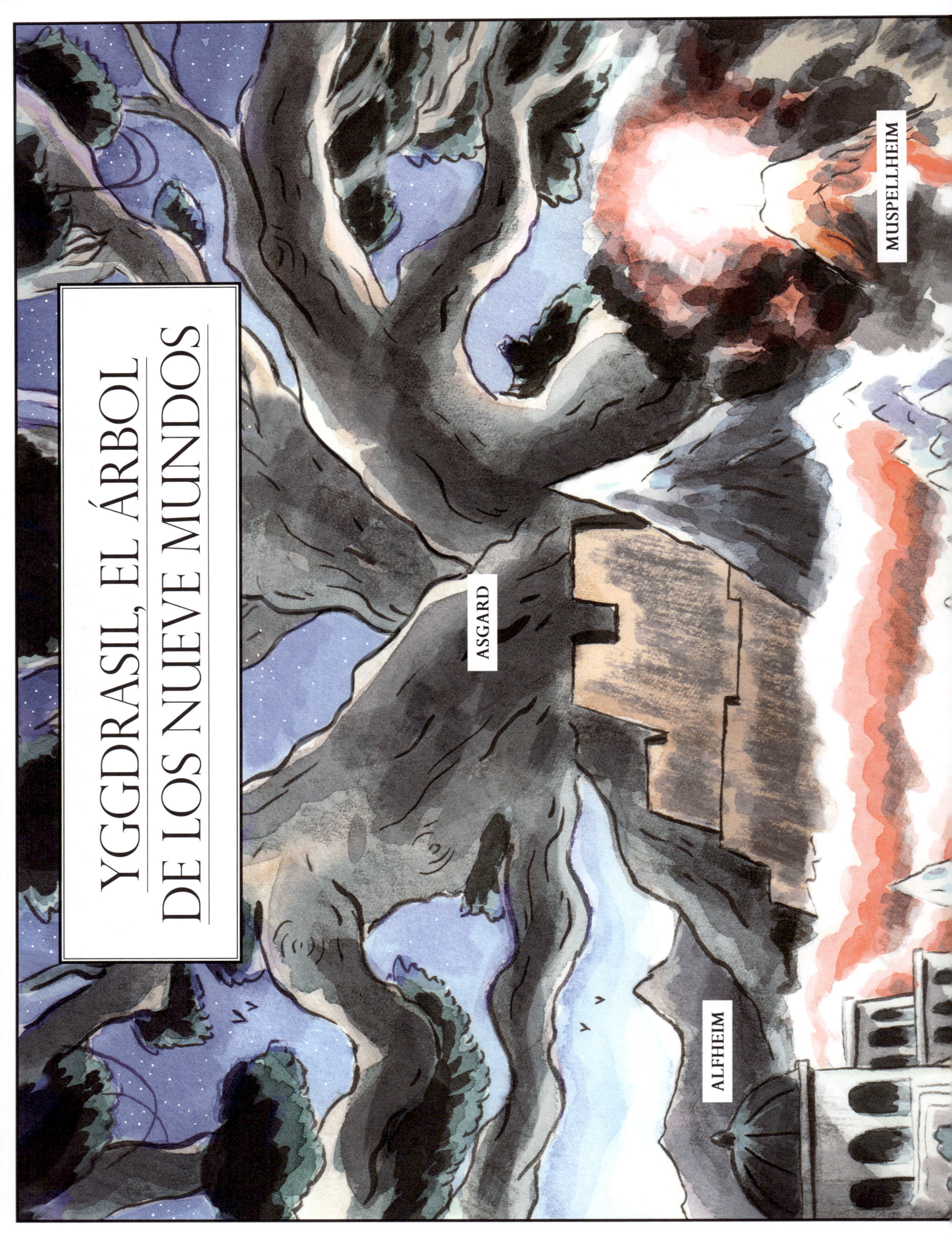

YGGDRASIL, EL ÁRBOL DE LOS NUEVE MUNDOS

MUSPELLHEIM

ASGARD

ALFHEIM

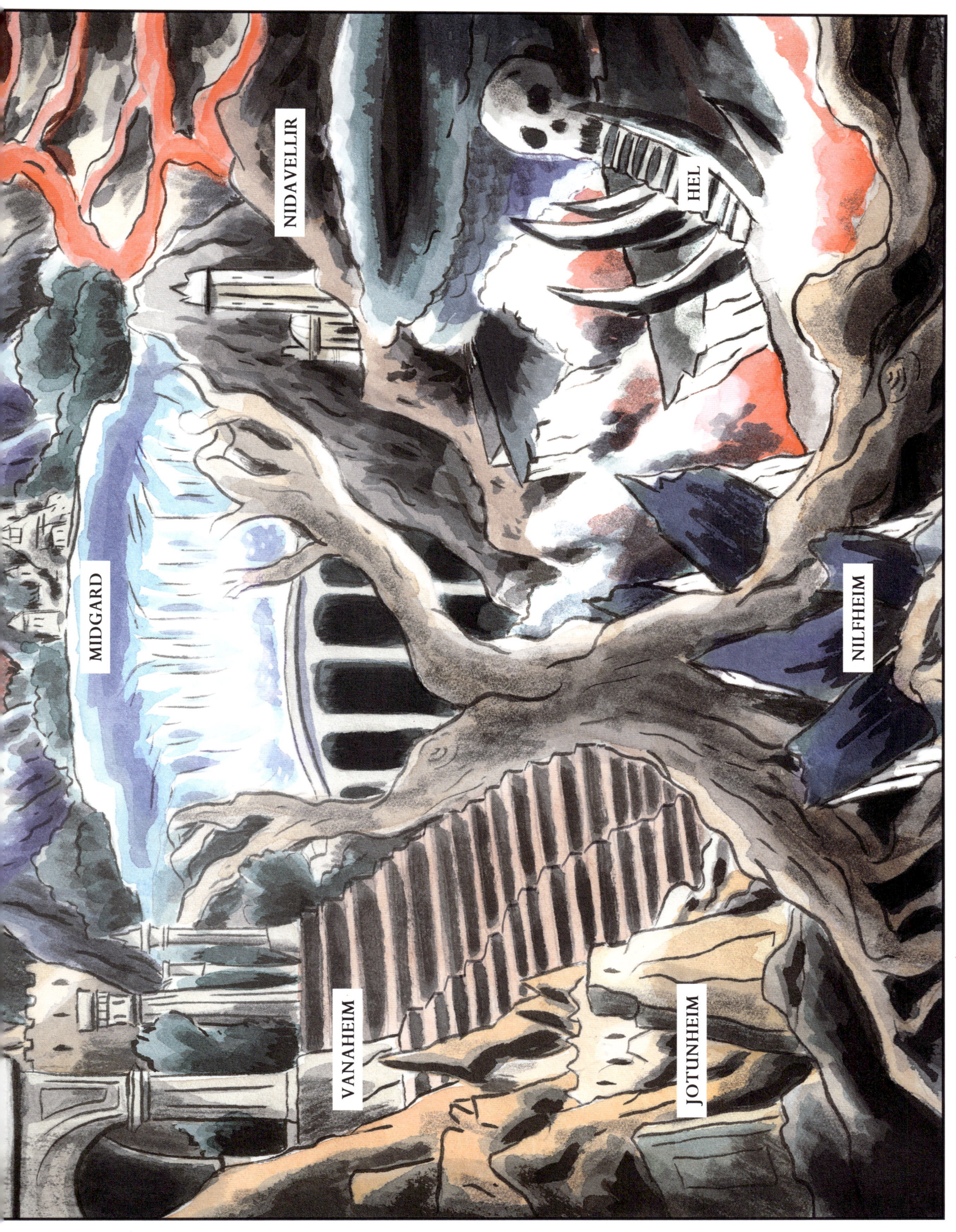

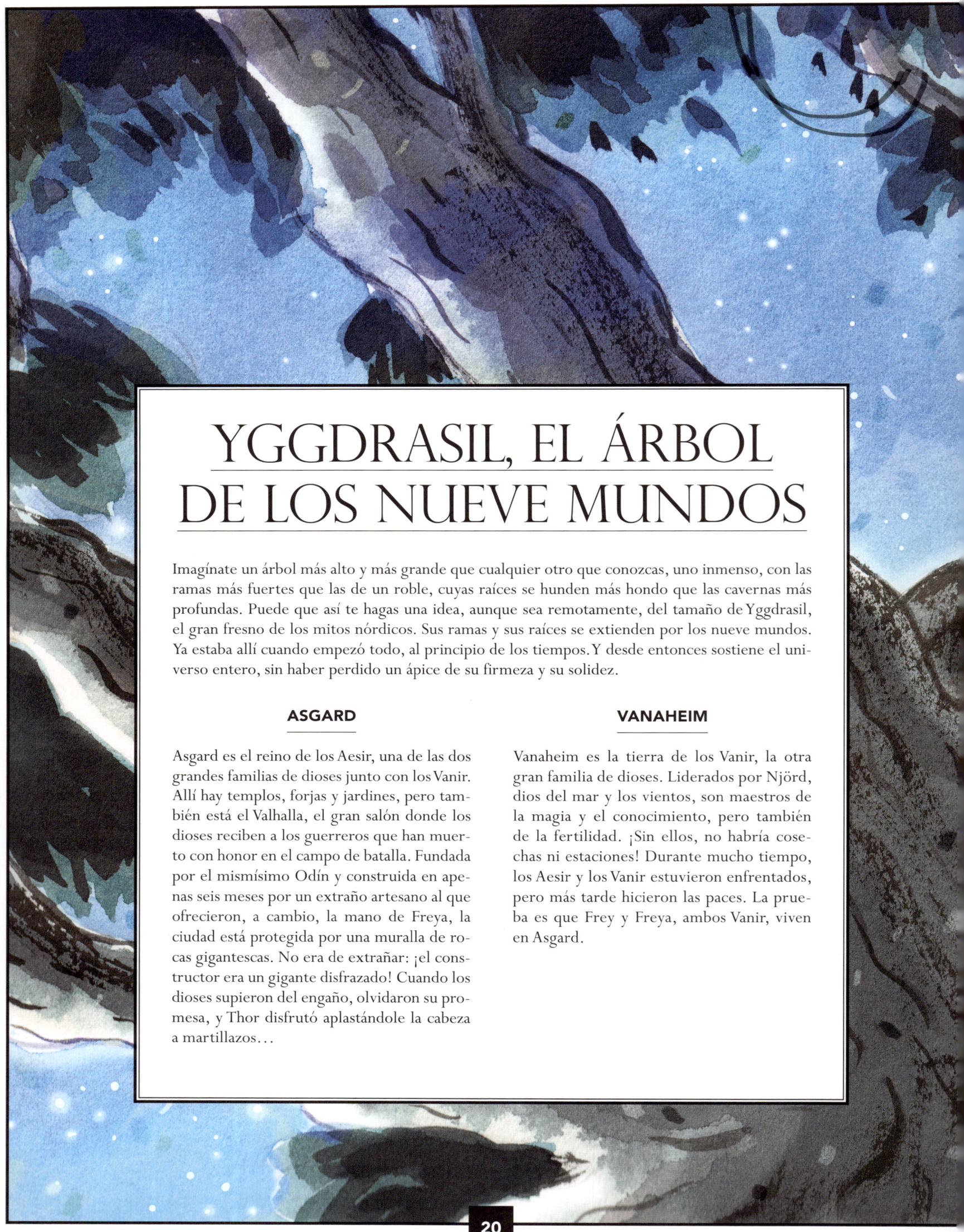

YGGDRASIL, EL ÁRBOL DE LOS NUEVE MUNDOS

Imagínate un árbol más alto y más grande que cualquier otro que conozcas, uno inmenso, con las ramas más fuertes que las de un roble, cuyas raíces se hunden más hondo que las cavernas más profundas. Puede que así te hagas una idea, aunque sea remotamente, del tamaño de Yggdrasil, el gran fresno de los mitos nórdicos. Sus ramas y sus raíces se extienden por los nueve mundos. Ya estaba allí cuando empezó todo, al principio de los tiempos. Y desde entonces sostiene el universo entero, sin haber perdido un ápice de su firmeza y su solidez.

ASGARD

Asgard es el reino de los Aesir, una de las dos grandes familias de dioses junto con los Vanir. Allí hay templos, forjas y jardines, pero también está el Valhalla, el gran salón donde los dioses reciben a los guerreros que han muerto con honor en el campo de batalla. Fundada por el mismísimo Odín y construida en apenas seis meses por un extraño artesano al que ofrecieron, a cambio, la mano de Freya, la ciudad está protegida por una muralla de rocas gigantescas. No era de extrañar: ¡el constructor era un gigante disfrazado! Cuando los dioses supieron del engaño, olvidaron su promesa, y Thor disfrutó aplastándole la cabeza a martillazos…

VANAHEIM

Vanaheim es la tierra de los Vanir, la otra gran familia de dioses. Liderados por Njörd, dios del mar y los vientos, son maestros de la magia y el conocimiento, pero también de la fertilidad. ¡Sin ellos, no habría cosechas ni estaciones! Durante mucho tiempo, los Aesir y los Vanir estuvieron enfrentados, pero más tarde hicieron las paces. La prueba es que Frey y Freya, ambos Vanir, viven en Asgard.

ALFHEIM

El tercer mundo, escondido entre las ramas de Yggdrasil, es Alfheim, la tierra de los elfos blancos, de quienes se dice que son más hermosos que el sol y más brillantes que las estrellas. En parte magos, en parte músicos, son tan rápidos y ágiles que cuesta mucho verlos. Pero si alguna vez has creído ver una luciérnaga o un fuego fatuo en una noche de verano, es probable que fuera un elfo blanco que hubiera escapado de Alfheim...

•

NIDAVELLIR

Si Alfheim es la tierra de los elfos blancos, Nidavellir, «las tierras negras», es la de los elfos oscuros, también llamados enanos. Estos viven en las cuevas que se extienden bajo colinas y montañas. Allí, lejos de la luz de la que huyen, estos ingeniosos artesanos fabrican los adornos y las armas más codiciadas por los dioses, como Gungnir, la lanza de Odín, o Mjölnir, el martillo de Thor.

•

MIDGARD

Con cuatro mundos por encima y cuatro por debajo, enclavado en el corazón de Yggdrasil, Midgard es el mundo intermedio, el nuestro, el de los seres humanos. Precioso y frágil, está protegido por un océano inmenso que nadie puede cruzar... ¡menos los dioses! Ellos son los únicos capaces de caminar sin prenderse fuego por el Bifröst, un inmenso puente de arcoíris ardiente que comunica Asgard con Midgard.

•

JOTUNHEIM

Campos nevados, lagos helados, bosques de madera muerta y montañas congeladas hasta donde alcanza la vista: este es el paisaje aterrador de Jotunheim, hogar de los gigantes, enemigos de los dioses. Hostil y salvaje, esta es también la tierra de los monstruos y los lobos. Es mejor no perderse aquí; a veces, hasta los dioses lo lamentan...

•

NILFHEIM

Existe desde la noche de los tiempos, pero ¡qué sombrío y brumoso es Nilfheim! Es una tierra oscura y desolada, pero indispensable, donde se halla el Hvergelmir, una caldera helada y abrasadora a un tiempo que despide enormes chorros de vapor hirviente —pues allí se encuentran hielo y lava— que sirven de manantial para todos los ríos del universo.

•

MUSPELLHEIM

Imagínate un mundo en llamas, un mundo de volcanes en erupción constante donde los ríos de lava desembocan en lagos de fuego entre campos de cenizas y brasas. Ese es Muspelheim, un lugar en el que nadie puede sobrevivir aparte de Surt, el gigante que espera pacientemente el fin de los tiempos armado con su espada flamígera...

•

HEL

Hay que bajar hasta el fondo de Yggdrasil, junto a sus raíces más profundas, para encontrar el Gjallarbrú, un puente con pilares de oro que conduce a las puertas de Hel. ¡Pero nadie va solo hasta allí! En Hel, un mundo infausto que lleva el nombre de su despiadada reina, se reúnen las almas de quienes no han muerto con el arma en la mano en el campo de batalla.

ODÍN, EL JEFE DE LOS DIOSES

EL PRIMERO DE LOS AESIR

¡No te fíes de las apariencias! El viejo tuerto y cojo que tienes delante no es otro que Odín, dios de la victoria y la sabiduría, pero también señor de los muertos. Dicho de otro modo, es el jefe de los dioses del norte y, sobre todo, el antepasado de todos ellos. Sus padres fueron dos gigantes, Buri y Bestla, y su asombroso nacimiento marca el inicio del linaje de los Aesir, una familia destinada a reinar en el mundo. Odín nació en una época en la que solo existía una especie de abismo rodeado de llamas y brumas habitadas por temibles criaturas de hielo. Poco después, tuvo dos hermanos, Vili y Vé. ¡Que comience el espectáculo!

·

TRES DIOSES PARA UNA BATALLA SANGRIENTA

Nacidos en el fondo del abismo primigenio, Odín y sus hermanos crecieron rápidamente y empezaron a ocuparse de temas serios: «¿Qué futuro podemos inventar?», se preguntaban. Recordemos que, aparte de los gigantes que sembraban el caos, no existía vida humana ni animal, ni bosques, ni cielo, ni montañas, ni estrellas. ¡La creación era un proyecto que solo podían llevar a cabo unos dioses muy poderosos! Para empezar, decidieron hacer limpieza, de modo que les declararon la guerra a los gigantes, comenzando por Ymir, su monstruoso abuelo.

EL ROMPECABEZAS GIGANTE DEL MUNDO

Odín, Vili y Vé, sin ninguna ayuda, consiguieron librarse de casi todos los gigantes ahogándolos en la sangre de Ymir. El puzle que armaron con su cuerpo hizo de este asesinato (véase la página 17) una auténtica leyenda. Con su cabeza, los vencedores dieron forma a la Tierra; con sus huesos, a las montañas; con su pelo, a los árboles; con sus dientes, a las rocas; con su sangre, a los ríos. Y su carne terminó en Ginnungagap, el abismo primigenio. ¡En el universo, todo se transforma, nada se pierde!

·

EL SEÑOR DE ASGARD

Odín vive en Asgard, un territorio fortificado que mandó construir con otros Aesir en el centro del mundo, donde reina, en compañía de otros doce miembros de su familia. Desde su trono de piedra del palacio de Valaskjálf, vigila los otros nueve mundos. Para ello cuenta con la ayuda de dos cuervos, leales espías que se posan regularmente en sus hombros para informarle de lo que han visto. A sus pies gruñen dos temibles lobos guardianes y se desplaza a lomos de Sleipnir, su caballo de ocho patas. ¿Su arma favorita? Gungnir, su fiel lanza. Él, señor de los guerreros, recibe a los caídos en la lucha y reúne a los más valientes para la batalla final: ¡el Ragnarök, el fin del mundo!

APODOS
Padre de todas las cosas, dios de los cuervos, padre de los muertos en combate

RUNAS

EMBLEMA
Valknut, el símbolo de los vikingos muertos en combate

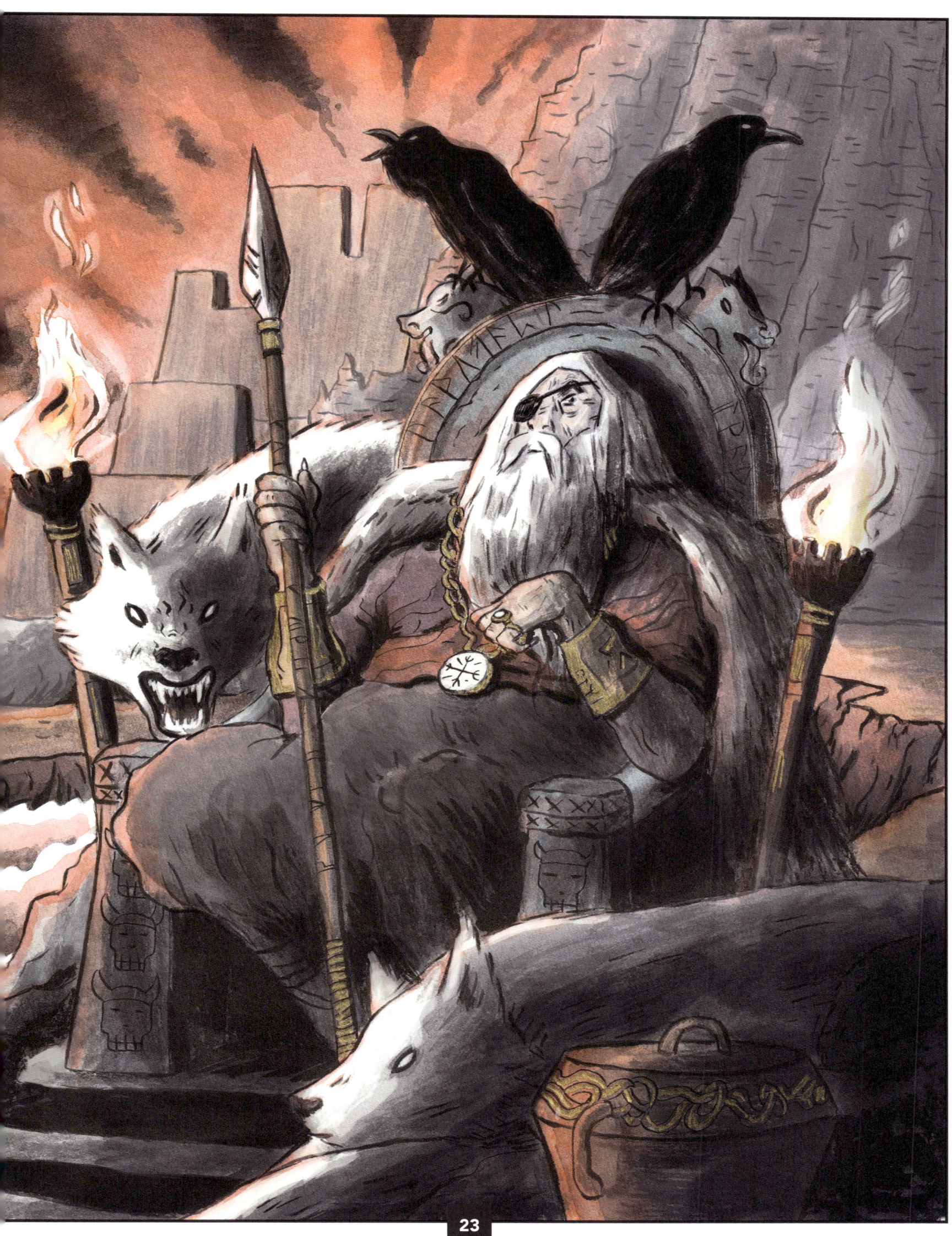

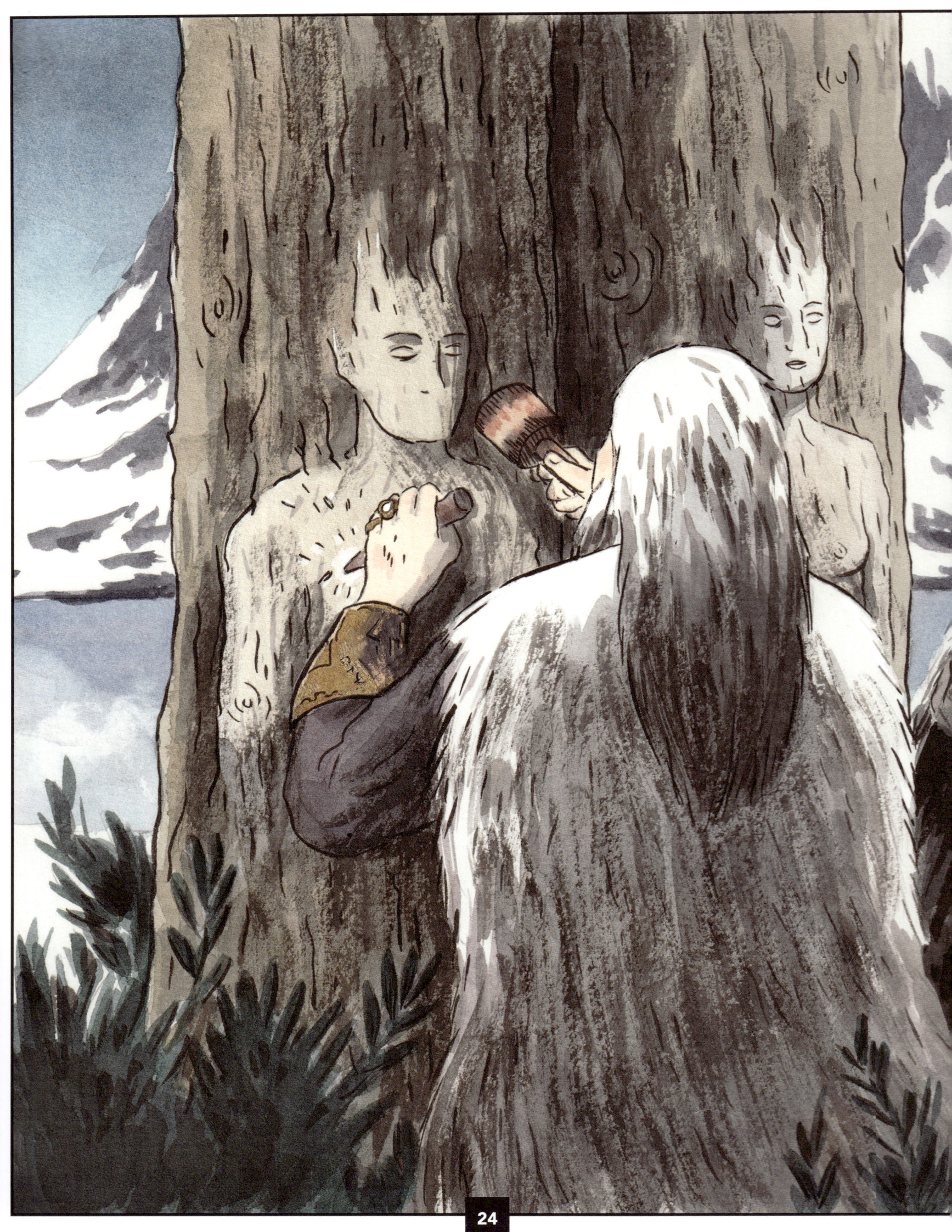

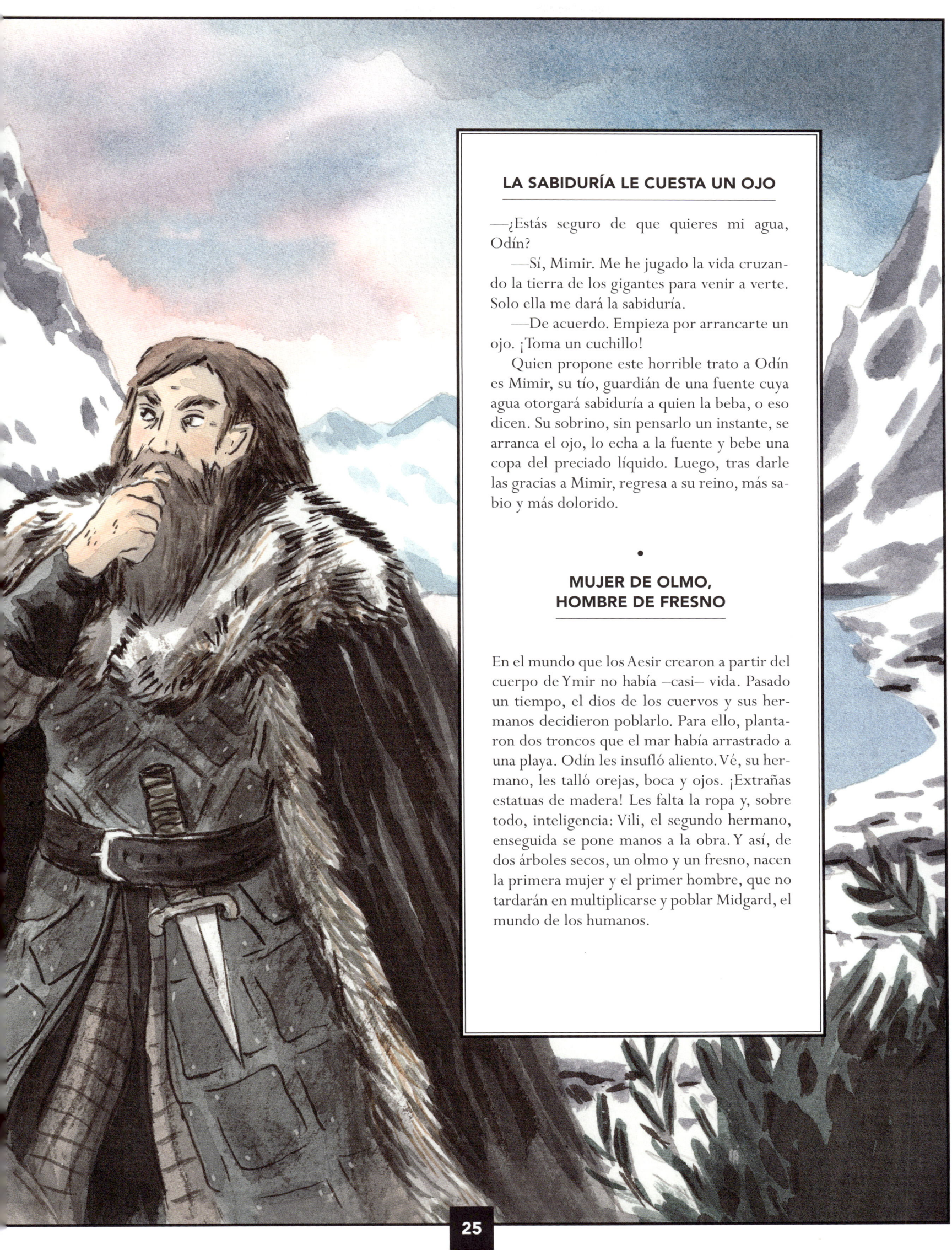

LA SABIDURÍA LE CUESTA UN OJO

—¿Estás seguro de que quieres mi agua, Odín?

—Sí, Mimir. Me he jugado la vida cruzando la tierra de los gigantes para venir a verte. Solo ella me dará la sabiduría.

—De acuerdo. Empieza por arrancarte un ojo. ¡Toma un cuchillo!

Quien propone este horrible trato a Odín es Mimir, su tío, guardián de una fuente cuya agua otorgará sabiduría a quien la beba, o eso dicen. Su sobrino, sin pensarlo un instante, se arranca el ojo, lo echa a la fuente y bebe una copa del preciado líquido. Luego, tras darle las gracias a Mimir, regresa a su reino, más sabio y más dolorido.

•

MUJER DE OLMO, HOMBRE DE FRESNO

En el mundo que los Aesir crearon a partir del cuerpo de Ymir no había —casi— vida. Pasado un tiempo, el dios de los cuervos y sus hermanos decidieron poblarlo. Para ello, plantaron dos troncos que el mar había arrastrado a una playa. Odín les insufló aliento. Vé, su hermano, les talló orejas, boca y ojos. ¡Extrañas estatuas de madera! Les falta la ropa y, sobre todo, inteligencia: Vili, el segundo hermano, enseguida se pone manos a la obra. Y así, de dos árboles secos, un olmo y un fresno, nacen la primera mujer y el primer hombre, que no tardarán en multiplicarse y poblar Midgard, el mundo de los humanos.

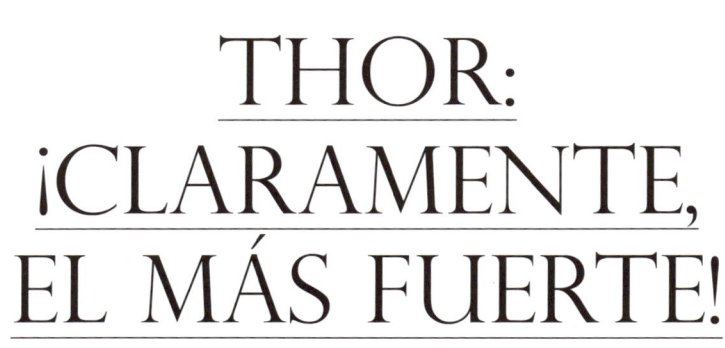

THOR: ¡CLARAMENTE, EL MÁS FUERTE!

¿QUIÉN ES ESTE FORTACHÓN?

Con la barba pelirroja y su afición por la cerveza, a pesar de su complexión atlética, el hijo de Odín es tan popular como su padre. Thor, dios del trueno, no se anda con chiquitas: controla el rayo, desata vientos y tempestades y domina el arte de la guerra como ninguno. Es fácilmente reconocible por su martillo, Mjölnir, que no utiliza para clavar, sino para romper cráneos. Y cuando lo lanza, vuelve a su mano como un bumerán. También posee unos guantes de hierro y un cinturón mágico llamado Megingjord, que, en casi todos los casos, lo convierten en el rival más fuerte.

PROTEC-THOR

Hijo de Odín y de Frigg, Thor tiene muchos hermanastros y hermanastras: Höðr, dios del invierno; Baldr, dios del amor… y el travieso Loki. Dios de los artesanos y los granjeros, está casado con Sif, una Aesir, diosa de la cosecha. Aunque se crio en el reino de Asgard, que debe además proteger, a veces se deja llevar por la ira y lo destroza todo. Por suerte, a los humanos, prevenidos por el ruido atronador de su carro, un extraño vehículo volador tirado por Tanngnjóstr («Dientes rechinantes») y Tanngrisnir («Dientes relucientes»), dos machos cabríos inmortales —o casi—, suele darles tiempo a ponerse a cubierto.

DOS MACHOS CABRÍOS PARA TODO

Un día, Thor y su hermanastro Loki decidieron explorar Jotunheim, el mundo de los gigantes. Cuando llegaron a la linde de esta peligrosa tierra, llamaron a la puerta de una granja. Los campesinos que les recibieron se quedaron de piedra. Por desgracia, apenas tenían unas cuantas hortalizas, desde luego no las suficientes para satisfacer dos apetitos tan feroces, así que Thor echa a sus machos cabríos a un caldero y espera a que se cocinen. Se come uno y deja el segundo para compartirlo con los otros comensales, pero les hace una advertencia: «¡Guardad los huesos! ¡Quien intente chupar el tuétano, se las verá conmigo!». Pero durante la noche, Thialfi, el hijo de la familia, incapaz de contenerse, parte uno de los huesos para deleitarse con la sustancia que contiene…

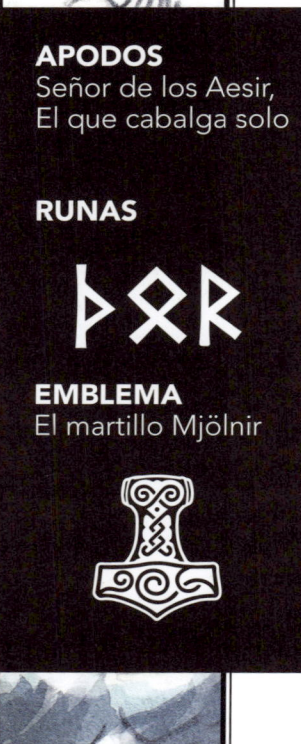

APODOS
Señor de los Aesir,
El que cabalga solo

RUNAS

EMBLEMA
El martillo Mjölnir

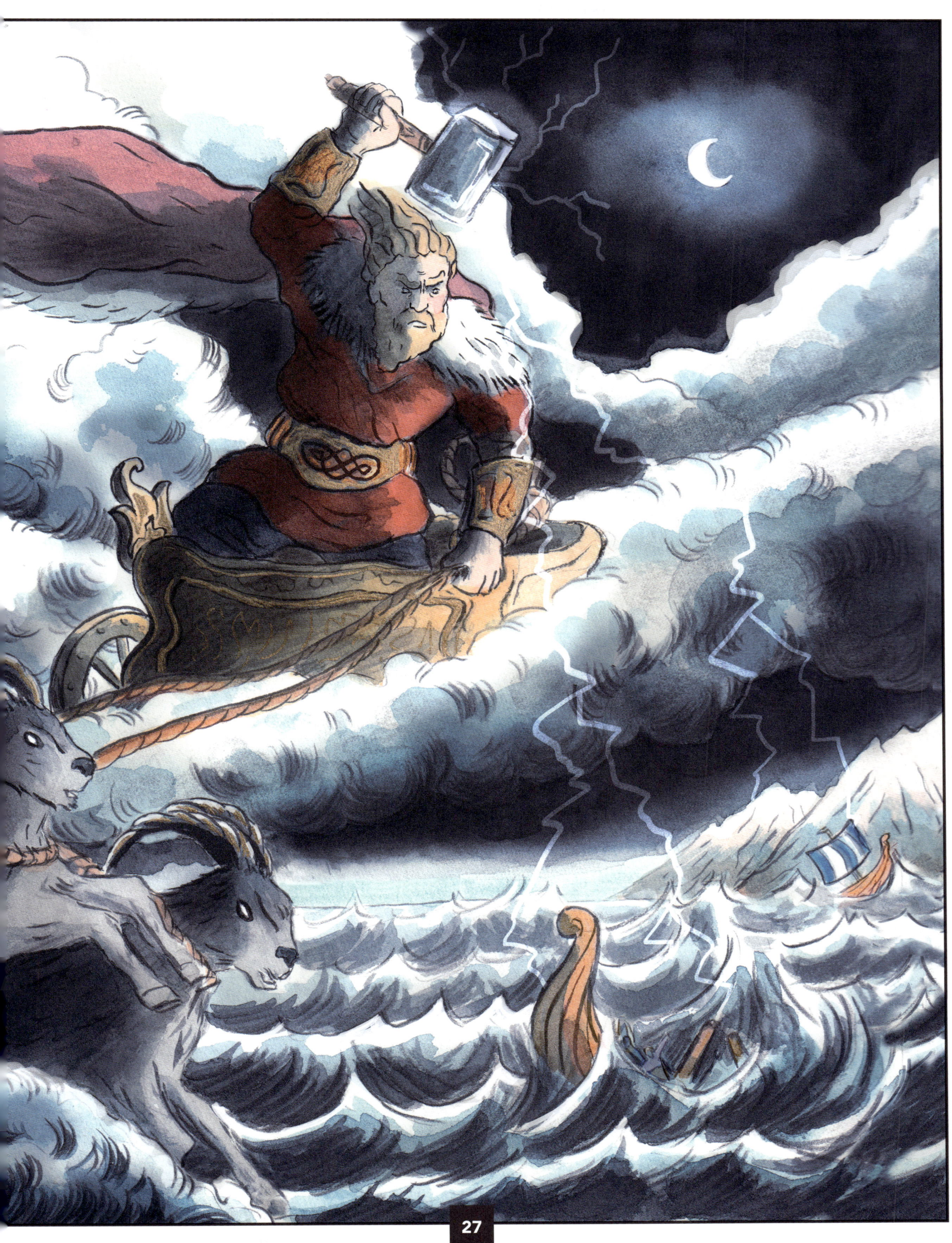

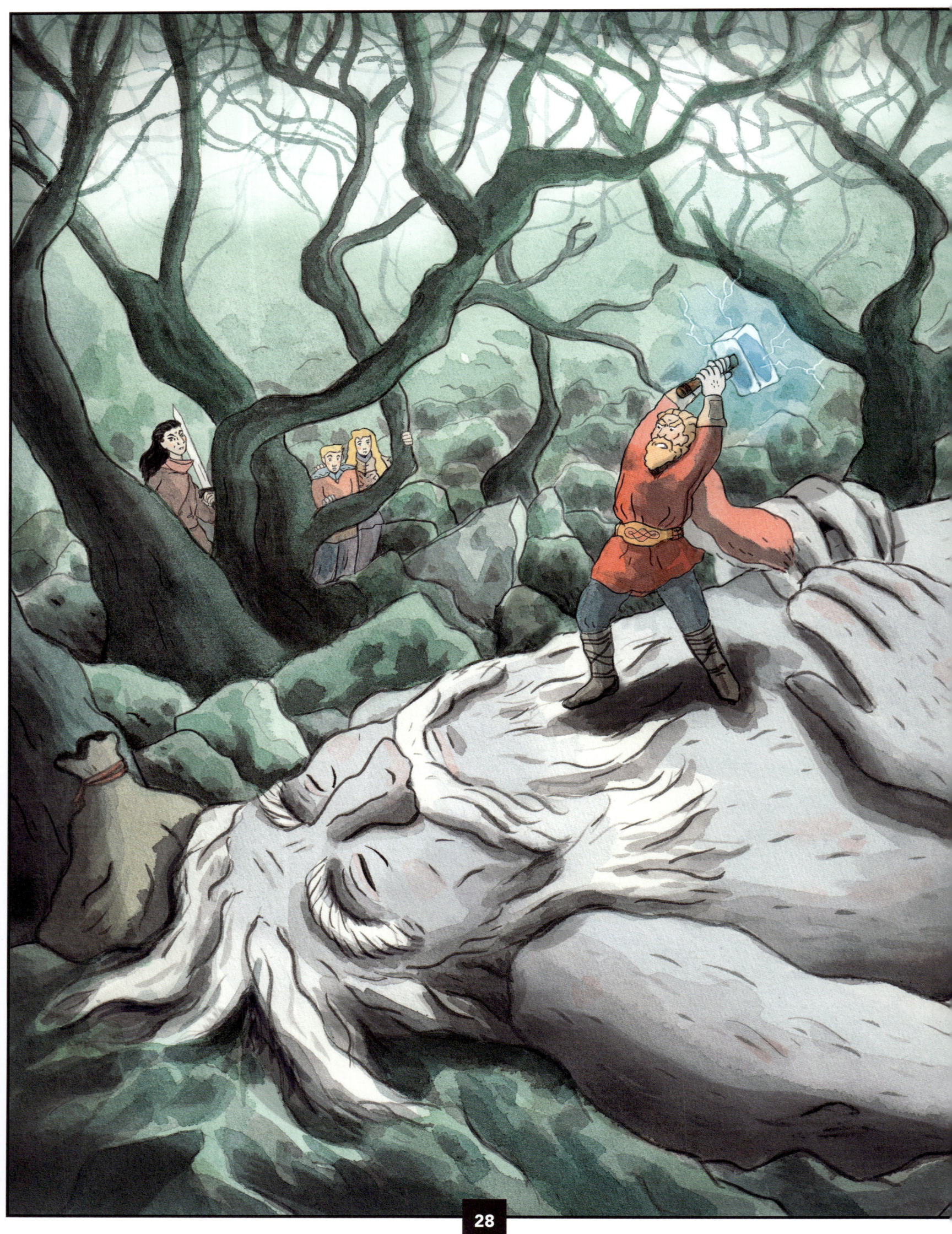

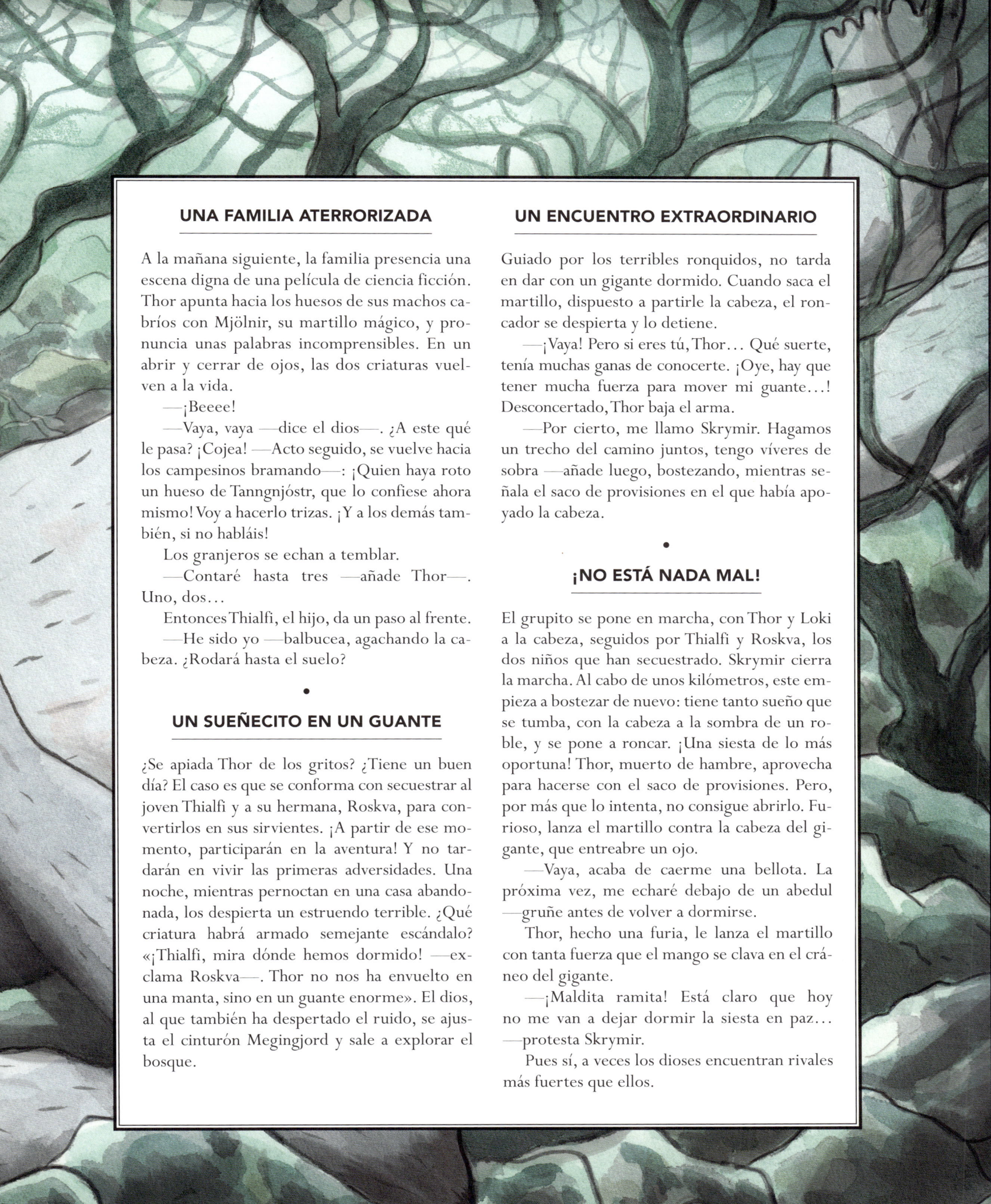

UNA FAMILIA ATERRORIZADA

A la mañana siguiente, la familia presencia una escena digna de una película de ciencia ficción. Thor apunta hacia los huesos de sus machos cabríos con Mjölnir, su martillo mágico, y pronuncia unas palabras incomprensibles. En un abrir y cerrar de ojos, las dos criaturas vuelven a la vida.

—¡Beeee!

—Vaya, vaya —dice el dios—. ¿A este qué le pasa? ¡Cojea! —Acto seguido, se vuelve hacia los campesinos bramando—: ¡Quien haya roto un hueso de Tanngnjóstr, que lo confiese ahora mismo! Voy a hacerlo trizas. ¡Y a los demás también, si no habláis!

Los granjeros se echan a temblar.

—Contaré hasta tres —añade Thor—. Uno, dos…

Entonces Thialfi, el hijo, da un paso al frente.

—He sido yo —balbucea, agachando la cabeza. ¿Rodará hasta el suelo?

•

UN SUEÑECITO EN UN GUANTE

¿Se apiada Thor de los gritos? ¿Tiene un buen día? El caso es que se conforma con secuestrar al joven Thialfi y a su hermana, Roskva, para convertirlos en sus sirvientes. ¡A partir de ese momento, participarán en la aventura! Y no tardarán en vivir las primeras adversidades. Una noche, mientras pernoctan en una casa abandonada, los despierta un estruendo terrible. ¿Qué criatura habrá armado semejante escándalo? «¡Thialfi, mira dónde hemos dormido! —exclama Roskva—. Thor no nos ha envuelto en una manta, sino en un guante enorme». El dios, al que también ha despertado el ruido, se ajusta el cinturón Megingjord y sale a explorar el bosque.

UN ENCUENTRO EXTRAORDINARIO

Guiado por los terribles ronquidos, no tarda en dar con un gigante dormido. Cuando saca el martillo, dispuesto a partirle la cabeza, el roncador se despierta y lo detiene.

—¡Vaya! Pero si eres tú, Thor… Qué suerte, tenía muchas ganas de conocerte. ¡Oye, hay que tener mucha fuerza para mover mi guante…! Desconcertado, Thor baja el arma.

—Por cierto, me llamo Skrymir. Hagamos un trecho del camino juntos, tengo víveres de sobra —añade luego, bostezando, mientras señala el saco de provisiones en el que había apoyado la cabeza.

•

¡NO ESTÁ NADA MAL!

El grupito se pone en marcha, con Thor y Loki a la cabeza, seguidos por Thialfi y Roskva, los dos niños que han secuestrado. Skrymir cierra la marcha. Al cabo de unos kilómetros, este empieza a bostezar de nuevo: tiene tanto sueño que se tumba, con la cabeza a la sombra de un roble, y se pone a roncar. ¡Una siesta de lo más oportuna! Thor, muerto de hambre, aprovecha para hacerse con el saco de provisiones. Pero, por más que lo intenta, no consigue abrirlo. Furioso, lanza el martillo contra la cabeza del gigante, que entreabre un ojo.

—Vaya, acaba de caerme una bellota. La próxima vez, me echaré debajo de un abedul —gruñe antes de volver a dormirse.

Thor, hecho una furia, le lanza el martillo con tanta fuerza que el mango se clava en el cráneo del gigante.

—¡Maldita ramita! Está claro que hoy no me van a dejar dormir la siesta en paz… —protesta Skrymir.

Pues sí, a veces los dioses encuentran rivales más fuertes que ellos.

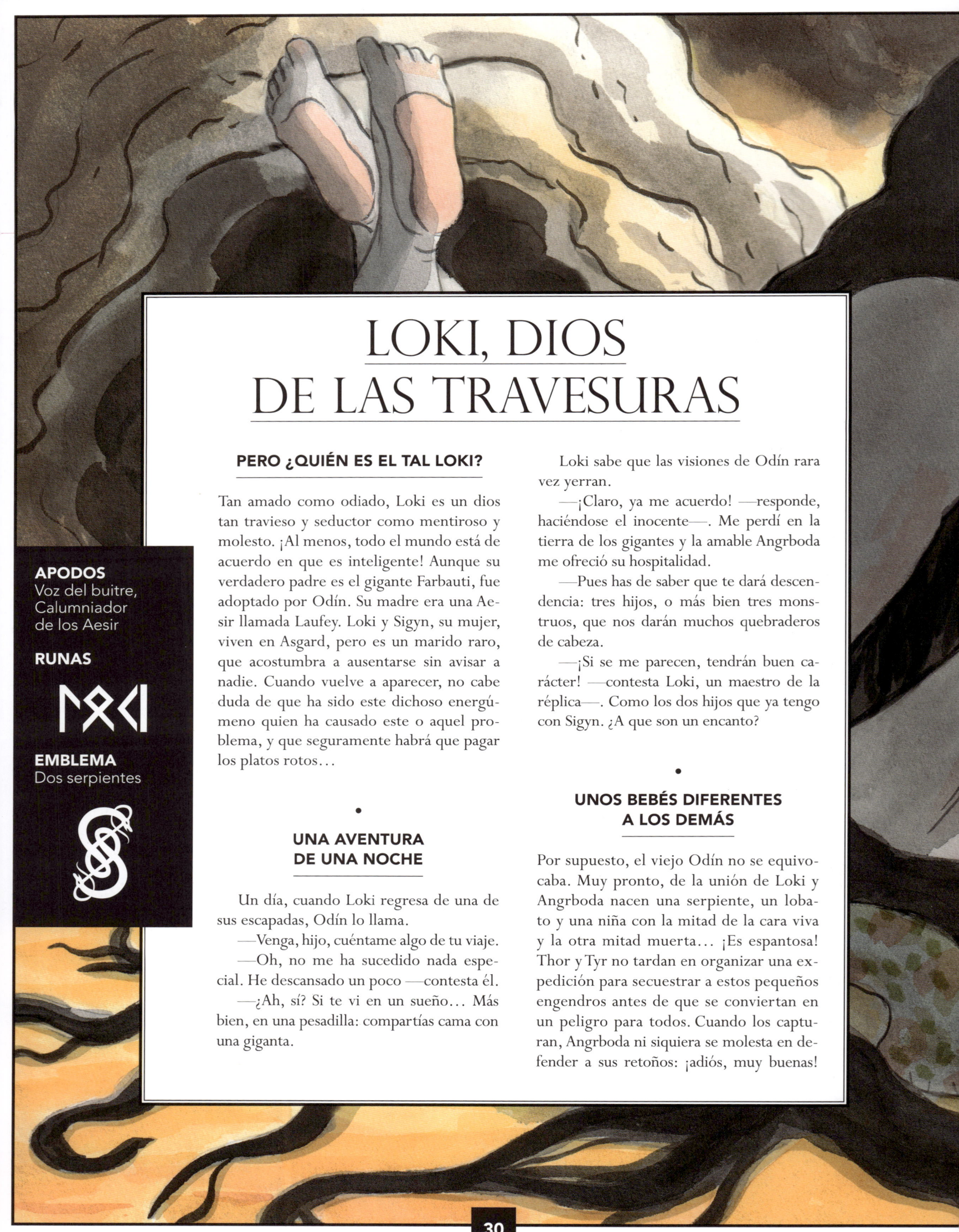

LOKI, DIOS DE LAS TRAVESURAS

PERO ¿QUIÉN ES EL TAL LOKI?

Tan amado como odiado, Loki es un dios tan travieso y seductor como mentiroso y molesto. ¡Al menos, todo el mundo está de acuerdo en que es inteligente! Aunque su verdadero padre es el gigante Farbauti, fue adoptado por Odín. Su madre era una Aesir llamada Laufey. Loki y Sigyn, su mujer, viven en Asgard, pero es un marido raro, que acostumbra a ausentarse sin avisar a nadie. Cuando vuelve a aparecer, no cabe duda de que ha sido este dichoso energúmeno quien ha causado este o aquel problema, y que seguramente habrá que pagar los platos rotos…

UNA AVENTURA DE UNA NOCHE

Un día, cuando Loki regresa de una de sus escapadas, Odín lo llama.

—Venga, hijo, cuéntame algo de tu viaje.

—Oh, no me ha sucedido nada especial. He descansado un poco —contesta él.

—¿Ah, sí? Si te vi en un sueño… Más bien, en una pesadilla: compartías cama con una giganta.

Loki sabe que las visiones de Odín rara vez yerran.

—¡Claro, ya me acuerdo! —responde, haciéndose el inocente—. Me perdí en la tierra de los gigantes y la amable Angrboda me ofreció su hospitalidad.

—Pues has de saber que te dará descendencia: tres hijos, o más bien tres monstruos, que nos darán muchos quebraderos de cabeza.

—¡Si se me parecen, tendrán buen carácter! —contesta Loki, un maestro de la réplica—. Como los dos hijos que ya tengo con Sigyn. ¿A que son un encanto?

UNOS BEBÉS DIFERENTES A LOS DEMÁS

Por supuesto, el viejo Odín no se equivocaba. Muy pronto, de la unión de Loki y Angrboda nacen una serpiente, un lobato y una niña con la mitad de la cara viva y la otra mitad muerta… ¡Es espantosa! Thor y Tyr no tardan en organizar una expedición para secuestrar a estos pequeños engendros antes de que se conviertan en un peligro para todos. Cuando los capturan, Angrboda ni siquiera se molesta en defender a sus retoños: ¡adiós, muy buenas!

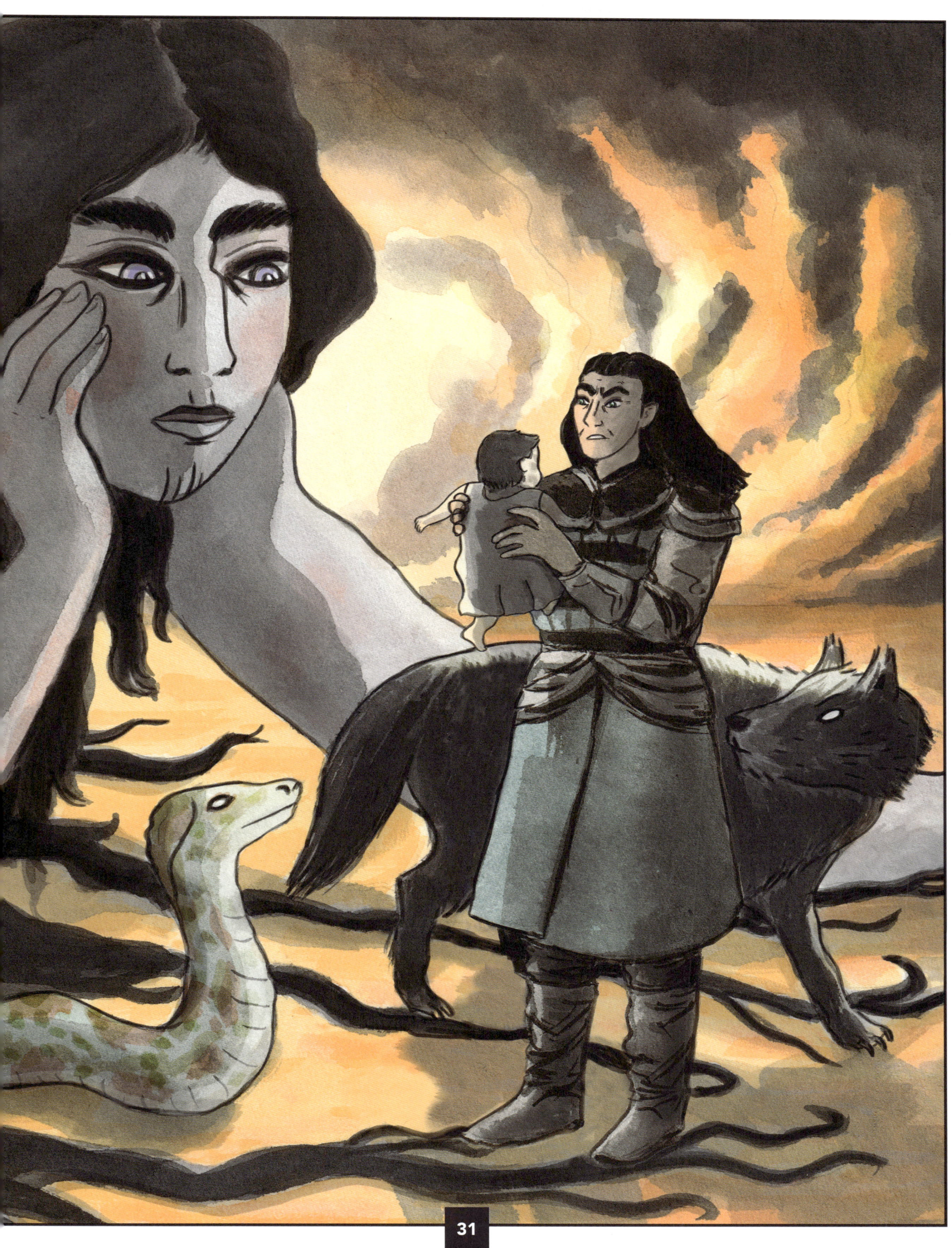

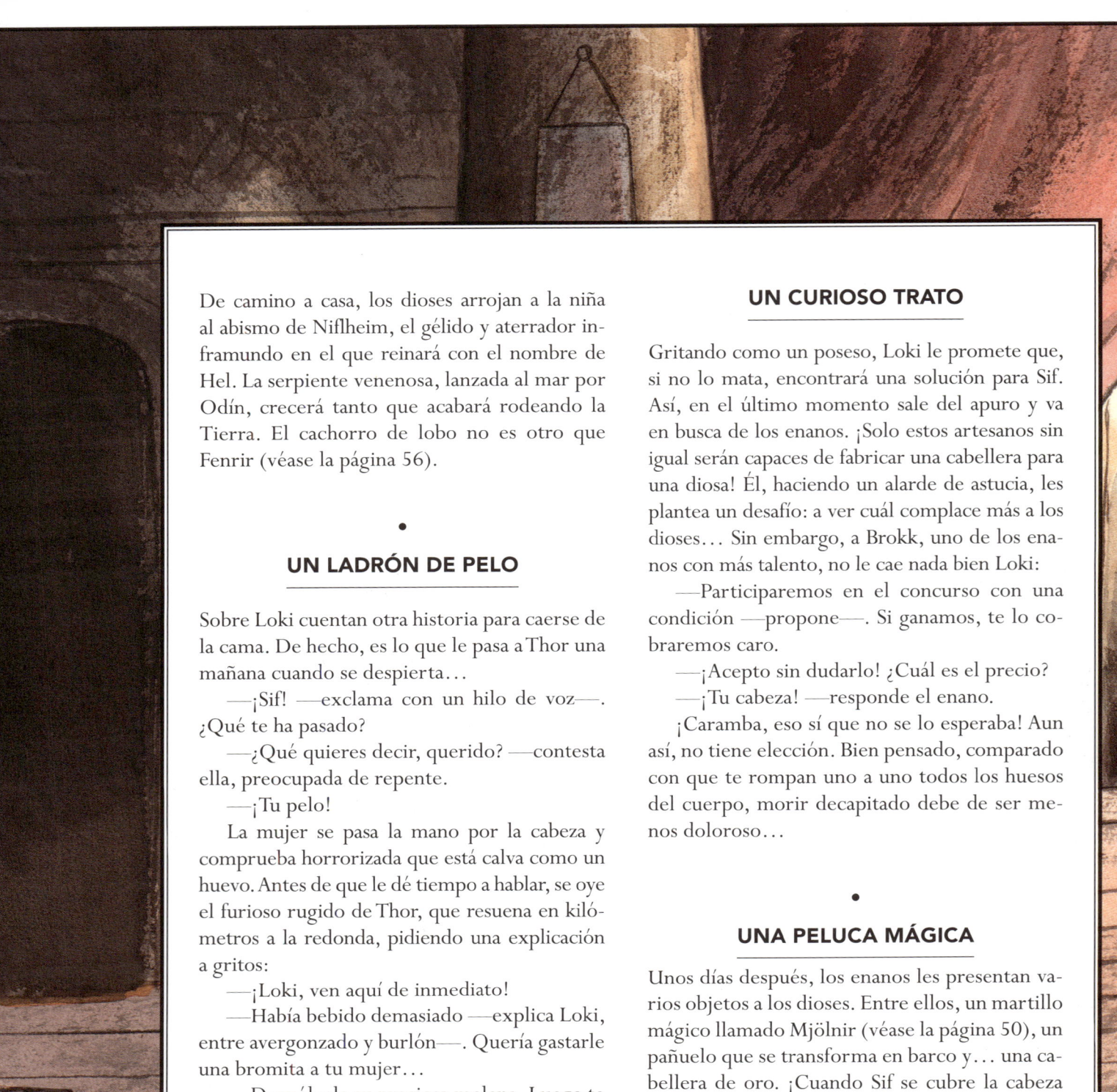

De camino a casa, los dioses arrojan a la niña al abismo de Niflheim, el gélido y aterrador inframundo en el que reinará con el nombre de Hel. La serpiente venenosa, lanzada al mar por Odín, crecerá tanto que acabará rodeando la Tierra. El cachorro de lobo no es otro que Fenrir (véase la página 56).

·

UN LADRÓN DE PELO

Sobre Loki cuentan otra historia para caerse de la cama. De hecho, es lo que le pasa a Thor una mañana cuando se despierta…

—¡Sif! —exclama con un hilo de voz—. ¿Qué te ha pasado?

—¿Qué quieres decir, querido? —contesta ella, preocupada de repente.

—¡Tu pelo!

La mujer se pasa la mano por la cabeza y comprueba horrorizada que está calva como un huevo. Antes de que le dé tiempo a hablar, se oye el furioso rugido de Thor, que resuena en kilómetros a la redonda, pidiendo una explicación a gritos:

—¡Loki, ven aquí de inmediato!

—Había bebido demasiado —explica Loki, entre avergonzado y burlón—. Quería gastarle una bromita a tu mujer…

—Devuélvele su preciosa melena. Luego te romperé todos los huesos, uno por uno —gruñe el dios, agarrando con todas sus fuerzas la muñeca del bromista.

—¡Ayyyy! Thor, lo siento, pero me temo que eso va a ser imposible. Se lo he arrancado… de raíz.

—Estás muerto —le dice entonces Thor, rompiéndole el brazo…

UN CURIOSO TRATO

Gritando como un poseso, Loki le promete que, si no lo mata, encontrará una solución para Sif. Así, en el último momento sale del apuro y va en busca de los enanos. ¡Solo estos artesanos sin igual serán capaces de fabricar una cabellera para una diosa! Él, haciendo un alarde de astucia, les plantea un desafío: a ver cuál complace más a los dioses… Sin embargo, a Brokk, uno de los enanos con más talento, no le cae nada bien Loki:

—Participaremos en el concurso con una condición —propone—. Si ganamos, te lo cobraremos caro.

—¡Acepto sin dudarlo! ¿Cuál es el precio?

—¡Tu cabeza! —responde el enano.

¡Caramba, eso sí que no se lo esperaba! Aun así, no tiene elección. Bien pensado, comparado con que te rompan uno a uno todos los huesos del cuerpo, morir decapitado debe de ser menos doloroso…

·

UNA PELUCA MÁGICA

Unos días después, los enanos les presentan varios objetos a los dioses. Entre ellos, un martillo mágico llamado Mjölnir (véase la página 50), un pañuelo que se transforma en barco y… una cabellera de oro. ¡Cuando Sif se cubre la cabeza con ella, por arte de magia la peluca echa raíces en su cráneo! Un murmullo de admiración recorre la asamblea. Thor parece satisfecho al ver que su esposa ha recuperado su belleza, pero hay otro objeto que despierta aún más su entusiasmo:

—¡Este martillo es fantástico! —exclama—. Eres el vencedor, Brokk. ¿Qué puedo ofrecerte a cambio?

—La cabeza de Loki, de acuerdo con el trato que hizo conmigo —se limita a contestar él mientras desenvaina un cuchillo.

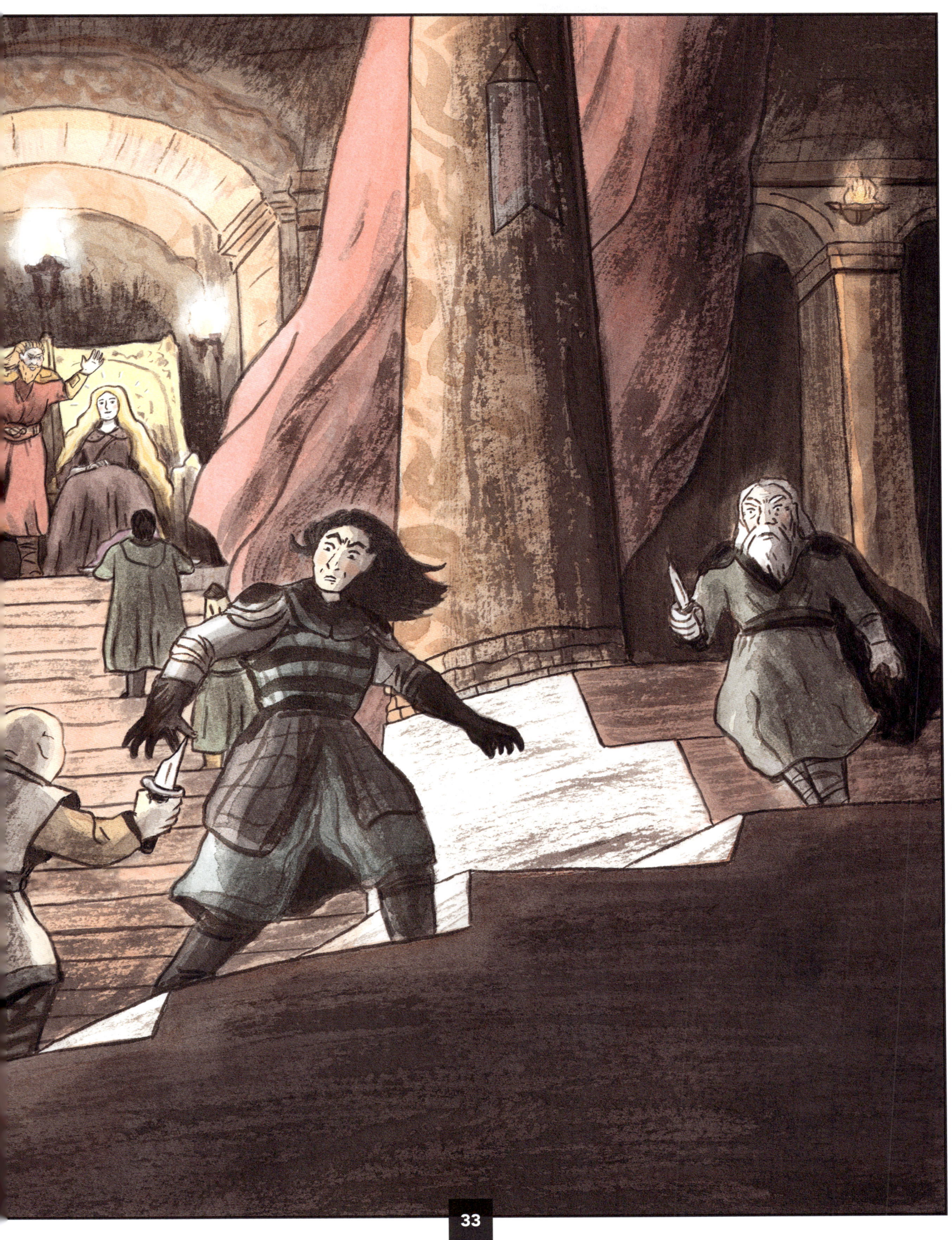

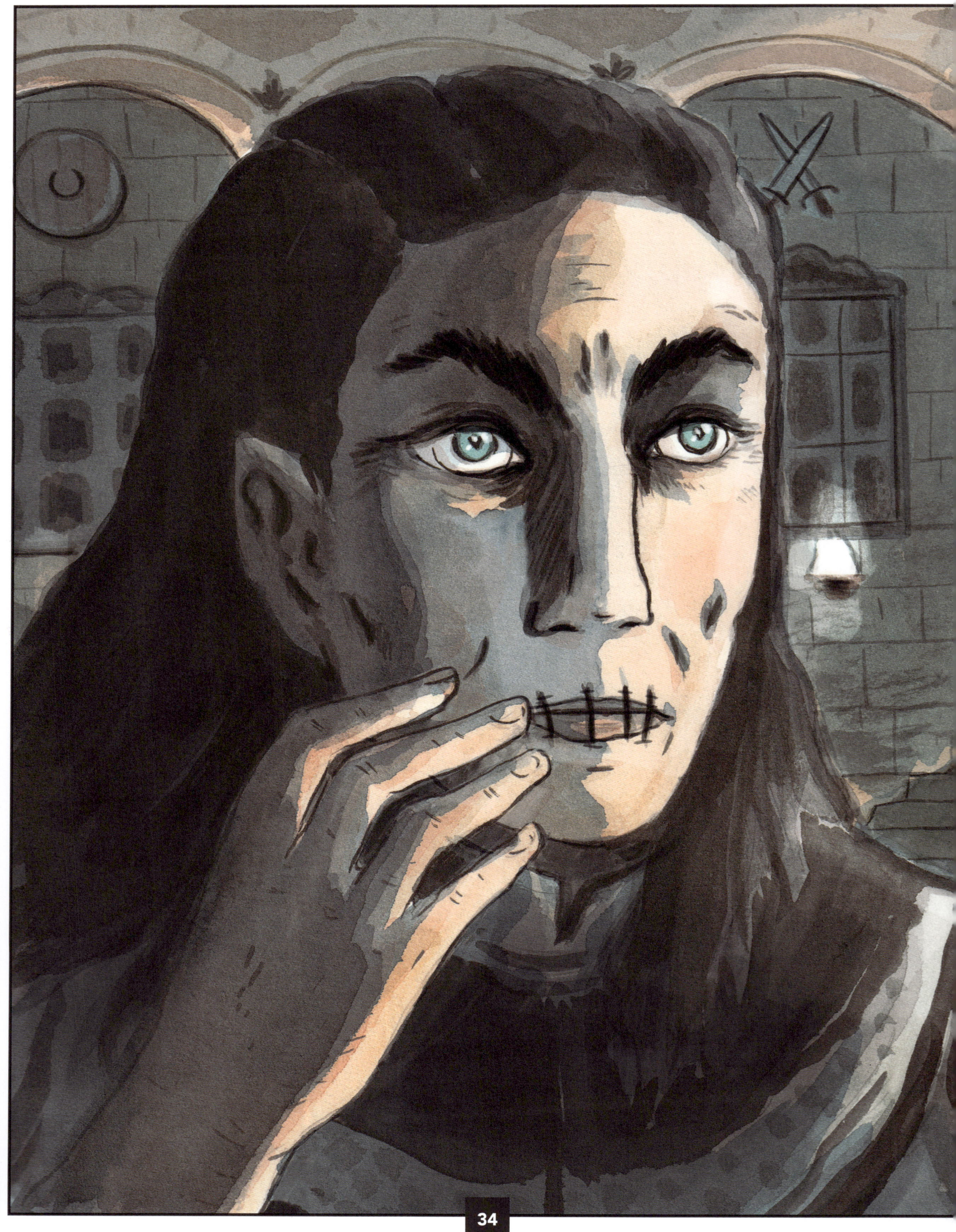

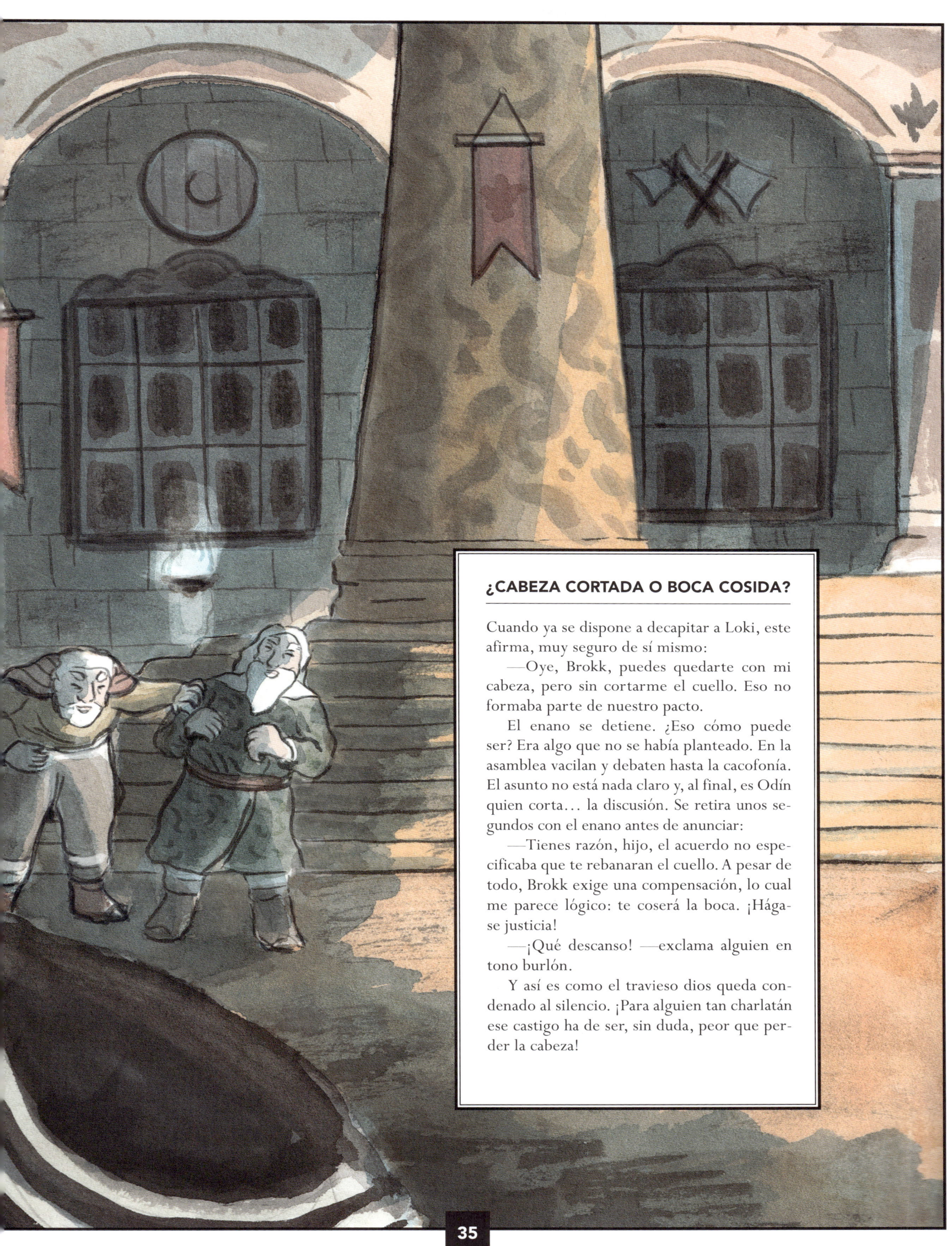

¿CABEZA CORTADA O BOCA COSIDA?

Cuando ya se dispone a decapitar a Loki, este afirma, muy seguro de sí mismo:

—Oye, Brokk, puedes quedarte con mi cabeza, pero sin cortarme el cuello. Eso no formaba parte de nuestro pacto.

El enano se detiene. ¿Eso cómo puede ser? Era algo que no se había planteado. En la asamblea vacilan y debaten hasta la cacofonía. El asunto no está nada claro y, al final, es Odín quien corta… la discusión. Se retira unos segundos con el enano antes de anunciar:

—Tienes razón, hijo, el acuerdo no especificaba que te rebanaran el cuello. A pesar de todo, Brokk exige una compensación, lo cual me parece lógico: te coserá la boca. ¡Hágase justicia!

—¡Qué descanso! —exclama alguien en tono burlón.

Y así es como el travieso dios queda condenado al silencio. ¡Para alguien tan charlatán ese castigo ha de ser, sin duda, peor que perder la cabeza!

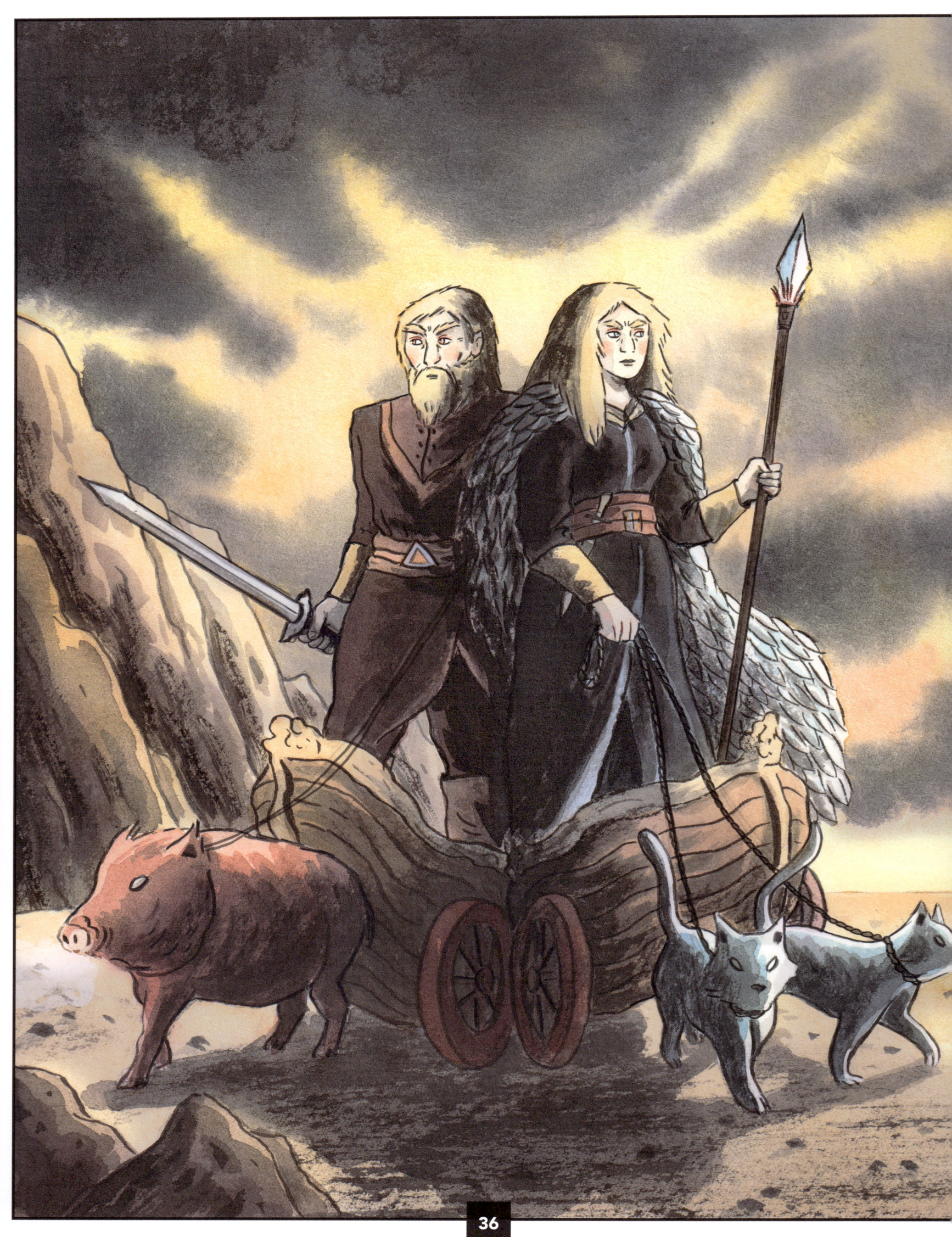

FREY Y FREYA, UNOS MELLIZOS SINGULARES

UNOS VANIR FUERA DE LO COMÚN

Cástor y Pólux, Apolo y Artemisa… ¡cuántos mellizos famosos! Los vikingos también cuentan con los suyos: Freya y Frey, hija e hijo de Njörd, dios del mar. Los tres forman el núcleo duro del clan de los Vanir, una familia divina que se ocupa de que la naturaleza sea generosa, los campos fértiles y las cosechas abundantes. Pero, por supuesto, no falla, los dioses tienden a enzarzarse en una pelea a la primera de cambio: también los Aesir y los Vanir se enfrentaron. Freya y Frey acabaron siendo rehenes de los Aesir, mientras que los Vanir retuvieron a Hoenir, un necio, y Mimir, un sabio, enviados por el otro bando. Los Vanir, juzgando que el intercambio de prisioneros no estaba equilibrado, decapitaron a Mimir y le mandaron su cabeza a Odín. ¡Que no cunda el pánico! Este la devolverá a la vida. ¡Basta con el cerebro para aprovechar sus sensatos consejos! Al fin, acaban firmando la paz. Freya se queda con los Aesir y se convierte en una diosa importante; Frey, en cambio, toma el mando de los Vanir.

EL FLECHAZO DE FREY

Skirnir, el sirviente de Frey, está un poco preocupado. Su amo está raro.

—¿Qué os pasa? ¡Vaya cara tenéis!

—Soy desgraciado, Skirnir —contesta el dios.

—¿Cómo osáis decir algo así? —exclama indignado el lacayo—. Todo el mundo os envidia por Gullinbursti, el cerdo de oro que tira de vuestro carro, y sois dueño del barco más hermoso del universo. ¿Qué otra embarcación, aparte de Skidbladnir, puede plegarse para guardarse en un bolsillo? ¡Si a eso añadimos vuestra espada, que lucha sin que tengáis que sostenerla, y el Alfheim, vuestro magnífico palacio, podéis consideraros de lo más afortunado! Y, sobre todo, me tenéis a mí, el mejor de los sirvientes. ¿Qué más necesitáis?

—A Gerd —contesta Frey con un hilo de voz.

—¿Gerd? ¿Qué es? ¿Un reino? ¿Una mascota?

—No… Una giganta fascinante que vi a lo lejos, mientras contemplaba el paisaje desde el trono de Odín.

—¡El trono de Odín! ¡Sacrilegio! En fin… ¿qué pretendéis hacer con esa tal Gerd?

—¡Quiero casarme con ella!

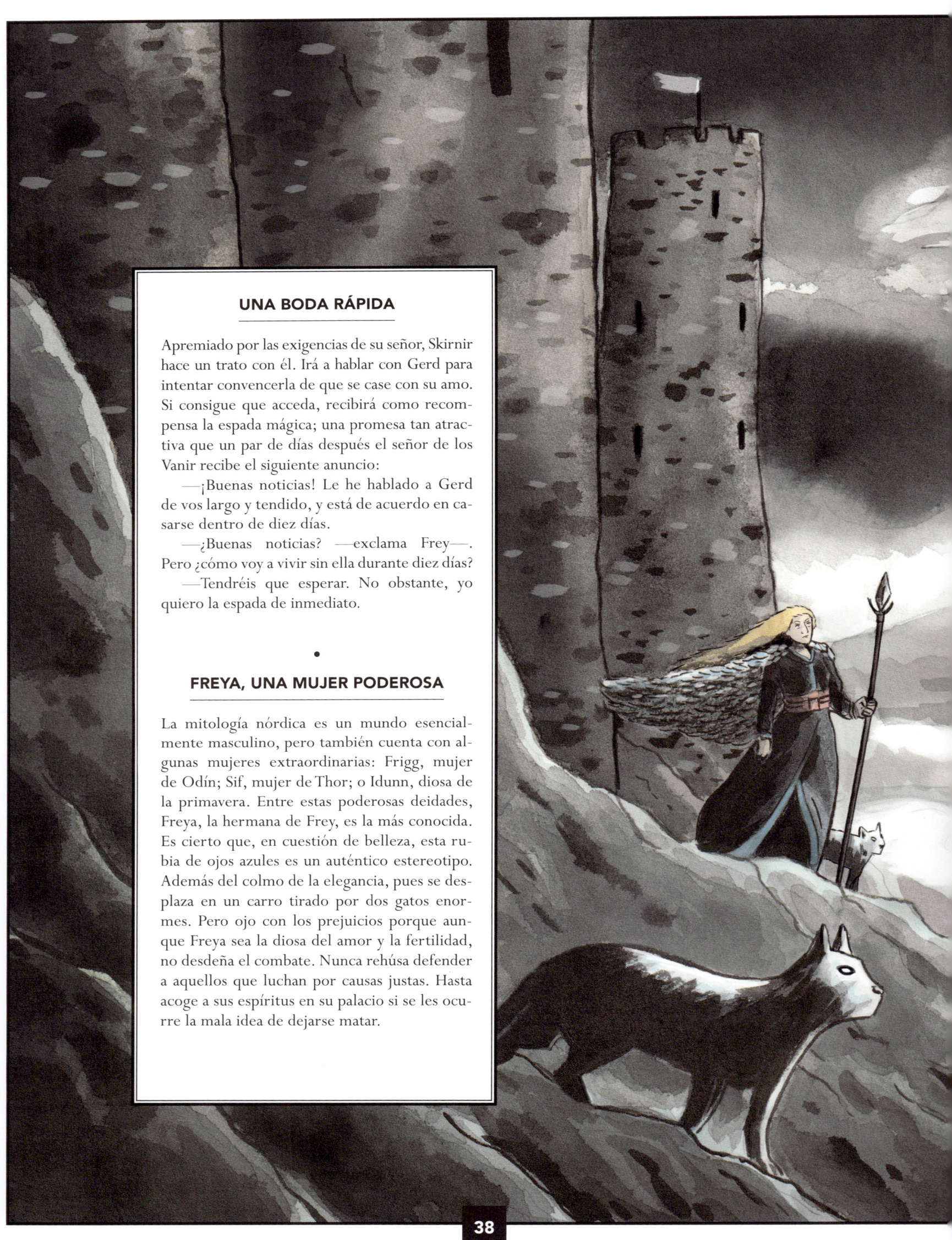

UNA BODA RÁPIDA

Apremiado por las exigencias de su señor, Skirnir hace un trato con él. Irá a hablar con Gerd para intentar convencerla de que se case con su amo. Si consigue que acceda, recibirá como recompensa la espada mágica; una promesa tan atractiva que un par de días después el señor de los Vanir recibe el siguiente anuncio:

—¡Buenas noticias! Le he hablado a Gerd de vos largo y tendido, y está de acuerdo en casarse dentro de diez días.

—¿Buenas noticias? —exclama Frey—. Pero ¿cómo voy a vivir sin ella durante diez días?

—Tendréis que esperar. No obstante, yo quiero la espada de inmediato.

•

FREYA, UNA MUJER PODEROSA

La mitología nórdica es un mundo esencialmente masculino, pero también cuenta con algunas mujeres extraordinarias: Frigg, mujer de Odín; Sif, mujer de Thor; o Idunn, diosa de la primavera. Entre estas poderosas deidades, Freya, la hermana de Frey, es la más conocida. Es cierto que, en cuestión de belleza, esta rubia de ojos azules es un auténtico estereotipo. Además del colmo de la elegancia, pues se desplaza en un carro tirado por dos gatos enormes. Pero ojo con los prejuicios porque aunque Freya sea la diosa del amor y la fertilidad, no desdeña el combate. Nunca rehúsa defender a aquellos que luchan por causas justas. Hasta acoge a sus espíritus en su palacio si se les ocurre la mala idea de dejarse matar.

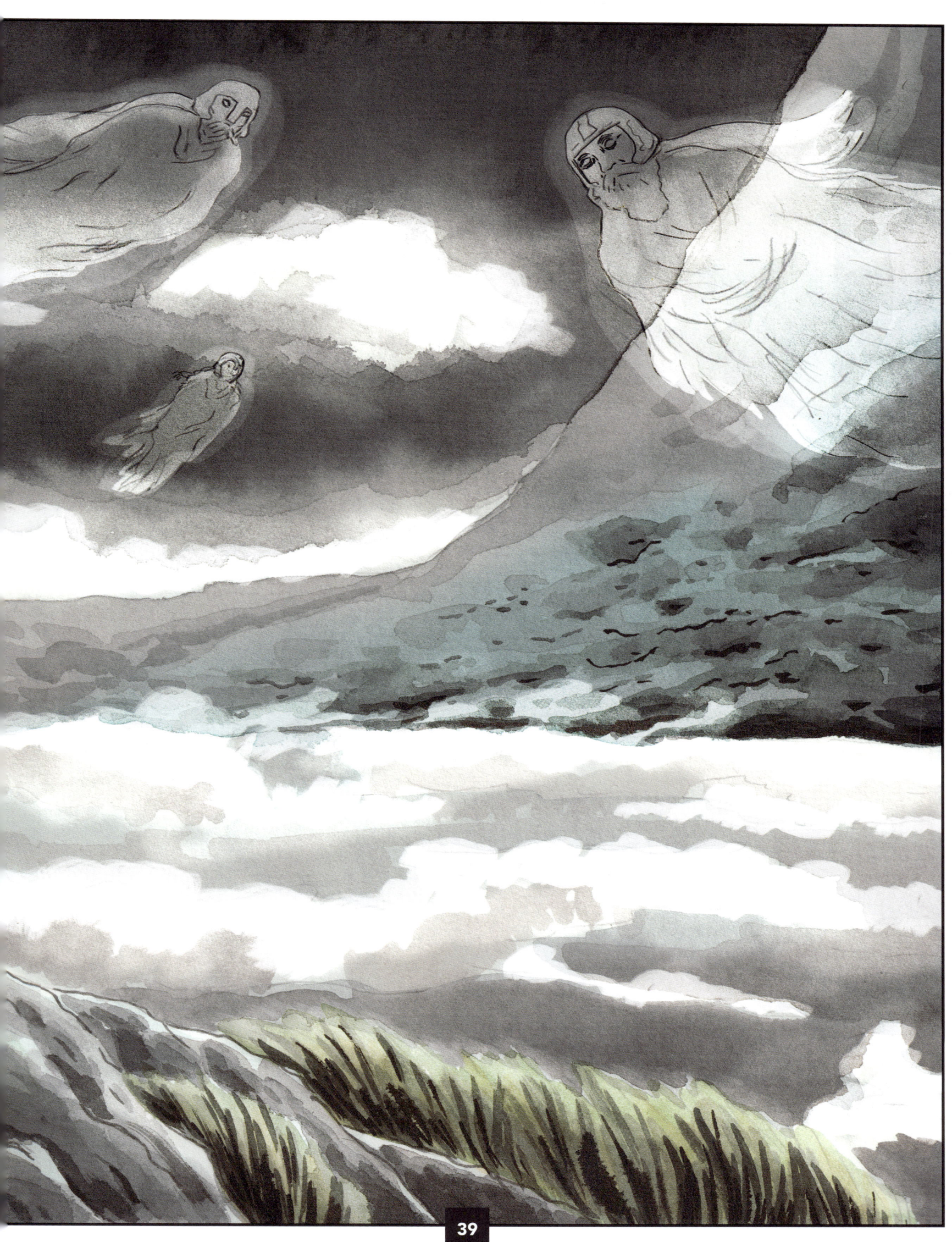

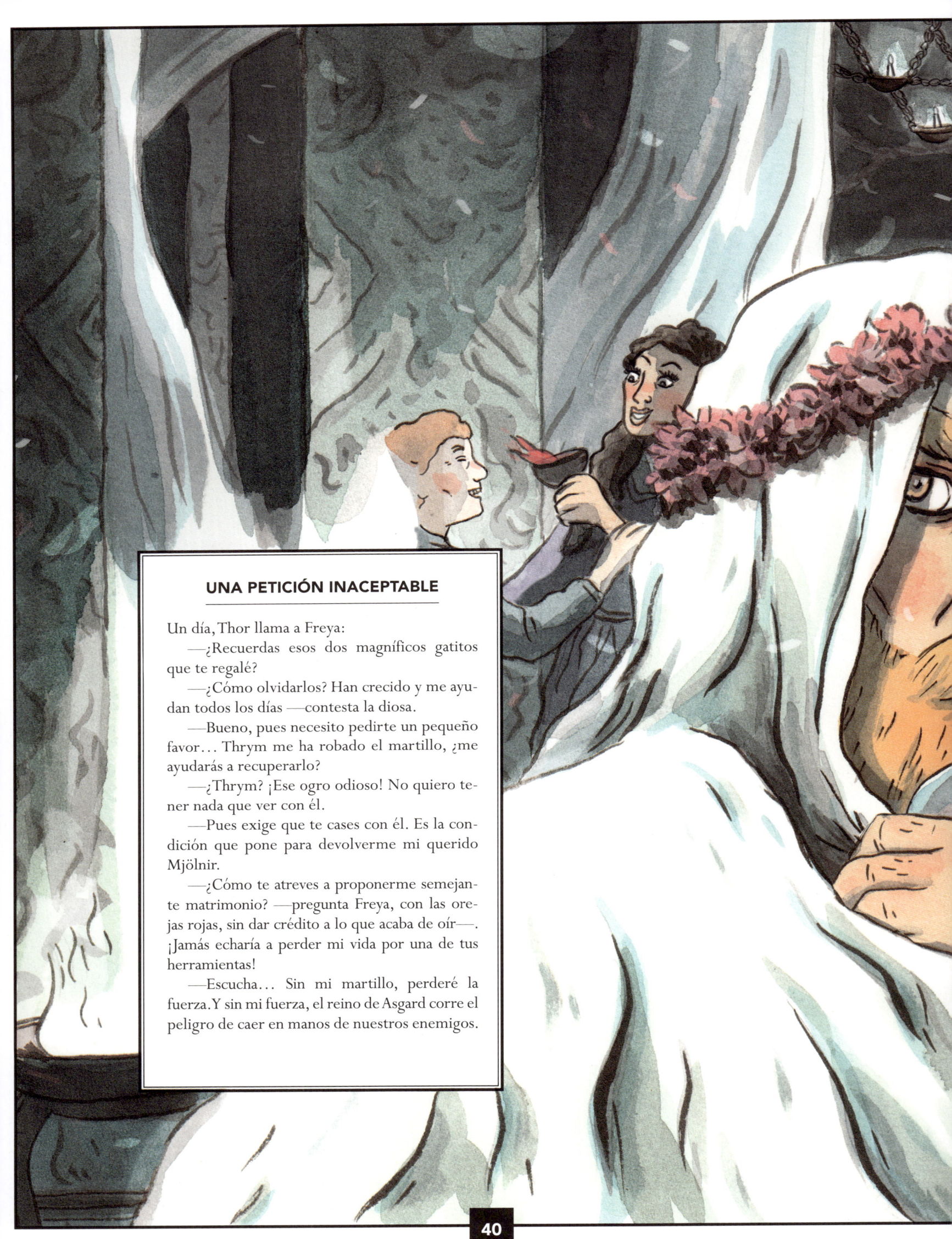

UNA PETICIÓN INACEPTABLE

Un día, Thor llama a Freya:

—¿Recuerdas esos dos magníficos gatitos que te regalé?

—¿Cómo olvidarlos? Han crecido y me ayudan todos los días —contesta la diosa.

—Bueno, pues necesito pedirte un pequeño favor… Thrym me ha robado el martillo, ¿me ayudarás a recuperarlo?

—¿Thrym? ¡Ese ogro odioso! No quiero tener nada que ver con él.

—Pues exige que te cases con él. Es la condición que pone para devolverme mi querido Mjölnir.

—¿Cómo te atreves a proponerme semejante matrimonio? —pregunta Freya, con las orejas rojas, sin dar crédito a lo que acaba de oír—. ¡Jamás echaría a perder mi vida por una de tus herramientas!

—Escucha… Sin mi martillo, perderé la fuerza. Y sin mi fuerza, el reino de Asgard corre el peligro de caer en manos de nuestros enemigos.

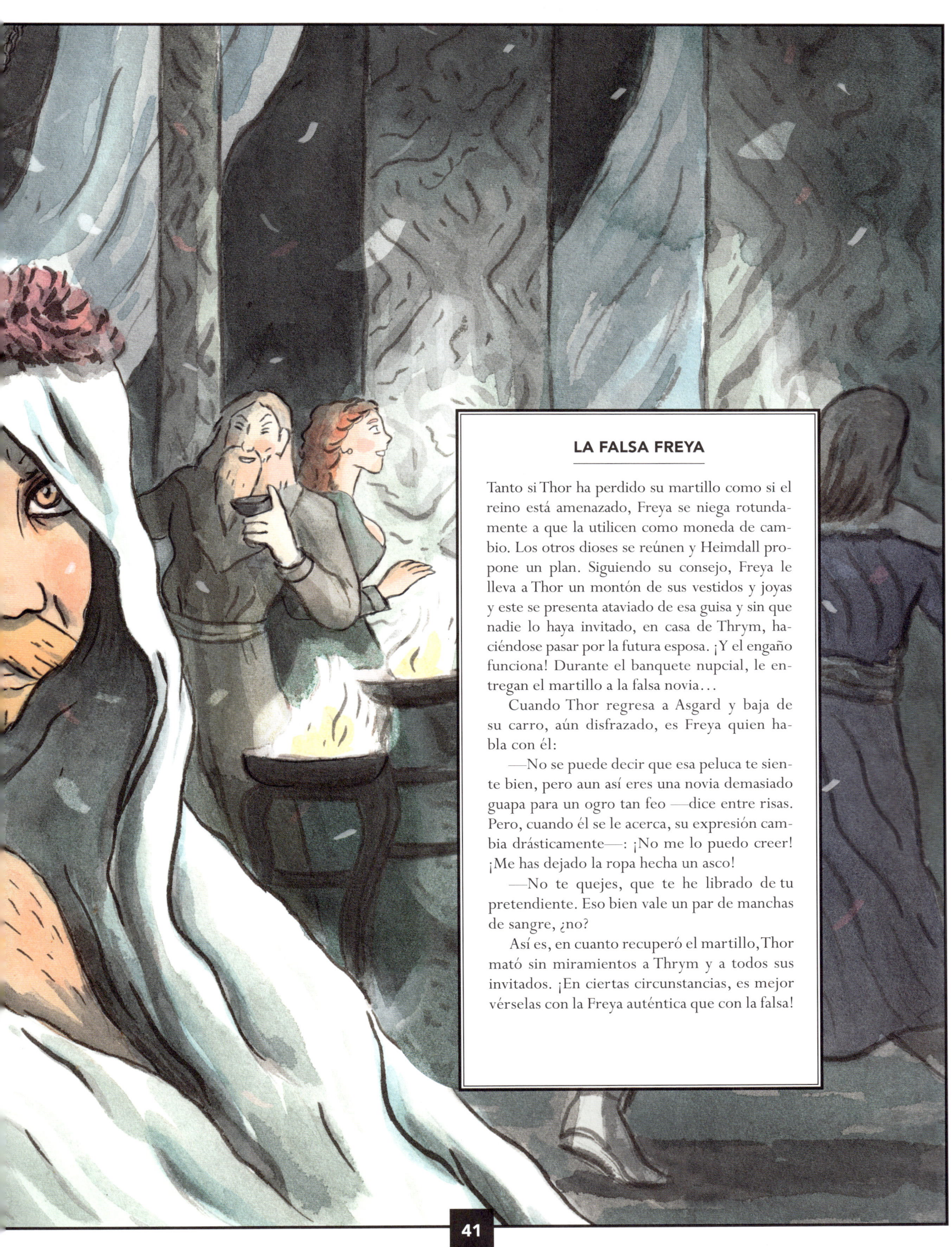

LA FALSA FREYA

Tanto si Thor ha perdido su martillo como si el reino está amenazado, Freya se niega rotundamente a que la utilicen como moneda de cambio. Los otros dioses se reúnen y Heimdall propone un plan. Siguiendo su consejo, Freya le lleva a Thor un montón de sus vestidos y joyas y este se presenta ataviado de esa guisa y sin que nadie lo haya invitado, en casa de Thrym, haciéndose pasar por la futura esposa. ¡Y el engaño funciona! Durante el banquete nupcial, le entregan el martillo a la falsa novia…

Cuando Thor regresa a Asgard y baja de su carro, aún disfrazado, es Freya quien habla con él:

—No se puede decir que esa peluca te siente bien, pero aun así eres una novia demasiado guapa para un ogro tan feo —dice entre risas. Pero, cuando él se le acerca, su expresión cambia drásticamente—: ¡No me lo puedo creer! ¡Me has dejado la ropa hecha un asco!

—No te quejes, que te he librado de tu pretendiente. Eso bien vale un par de manchas de sangre, ¿no?

Así es, en cuanto recuperó el martillo, Thor mató sin miramientos a Thrym y a todos sus invitados. ¡En ciertas circunstancias, es mejor vérselas con la Freya auténtica que con la falsa!

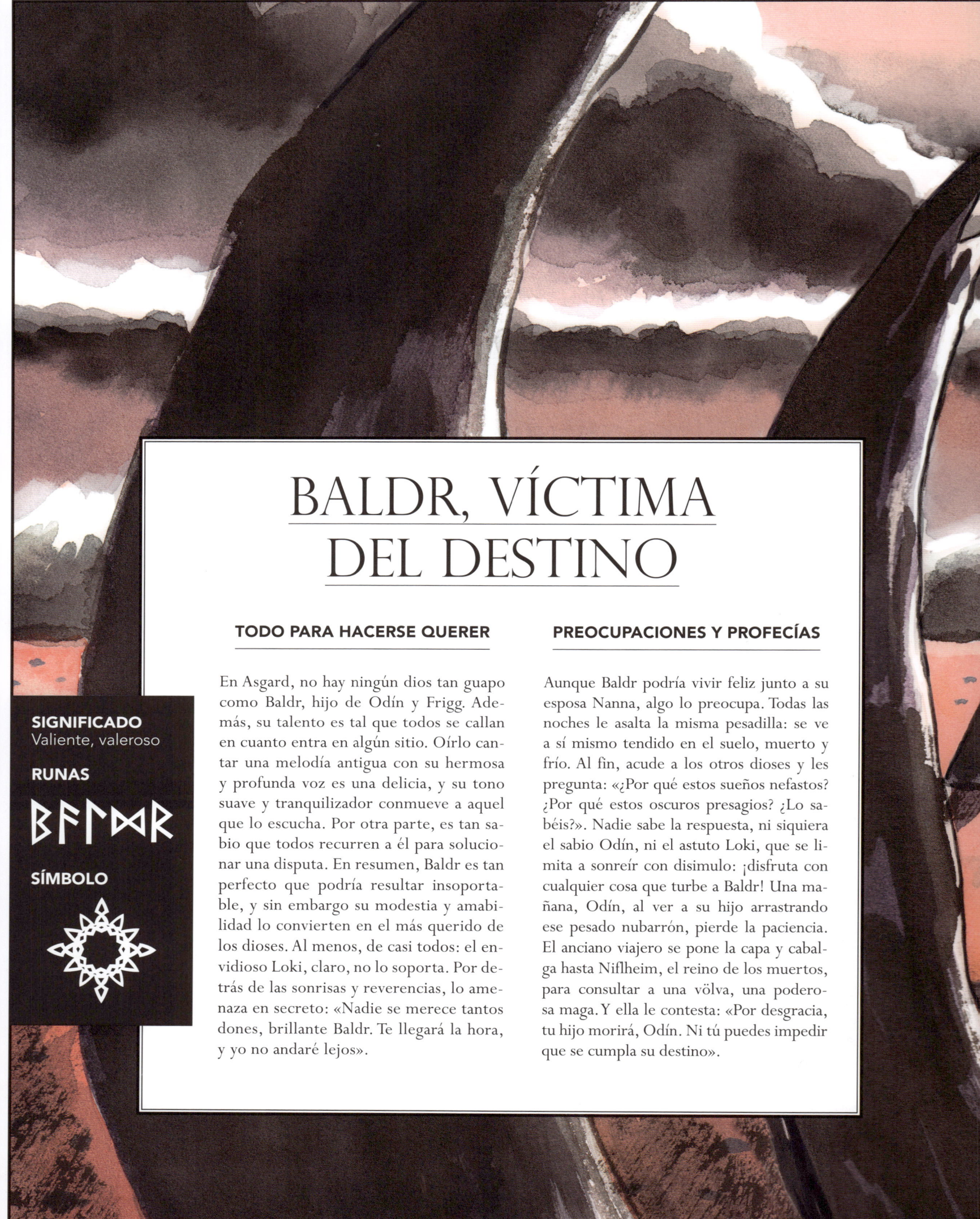

BALDR, VÍCTIMA DEL DESTINO

SIGNIFICADO
Valiente, valeroso

RUNAS

SÍMBOLO

TODO PARA HACERSE QUERER

En Asgard, no hay ningún dios tan guapo como Baldr, hijo de Odín y Frigg. Además, su talento es tal que todos se callan en cuanto entra en algún sitio. Oírlo cantar una melodía antigua con su hermosa y profunda voz es una delicia, y su tono suave y tranquilizador conmueve a aquel que lo escucha. Por otra parte, es tan sabio que todos recurren a él para solucionar una disputa. En resumen, Baldr es tan perfecto que podría resultar insoportable, y sin embargo su modestia y amabilidad lo convierten en el más querido de los dioses. Al menos, de casi todos: el envidioso Loki, claro, no lo soporta. Por detrás de las sonrisas y reverencias, lo amenaza en secreto: «Nadie se merece tantos dones, brillante Baldr. Te llegará la hora, y yo no andaré lejos».

PREOCUPACIONES Y PROFECÍAS

Aunque Baldr podría vivir feliz junto a su esposa Nanna, algo lo preocupa. Todas las noches le asalta la misma pesadilla: se ve a sí mismo tendido en el suelo, muerto y frío. Al fin, acude a los otros dioses y les pregunta: «¿Por qué estos sueños nefastos? ¿Por qué estos oscuros presagios? ¿Lo sabéis?». Nadie sabe la respuesta, ni siquiera el sabio Odín, ni el astuto Loki, que se limita a sonreír con disimulo: ¡disfruta con cualquier cosa que turbe a Baldr! Una mañana, Odín, al ver a su hijo arrastrando ese pesado nubarrón, pierde la paciencia. El anciano viajero se pone la capa y cabalga hasta Niflheim, el reino de los muertos, para consultar a una völva, una poderosa maga. Y ella le contesta: «Por desgracia, tu hijo morirá, Odín. Ni tú puedes impedir que se cumpla su destino».

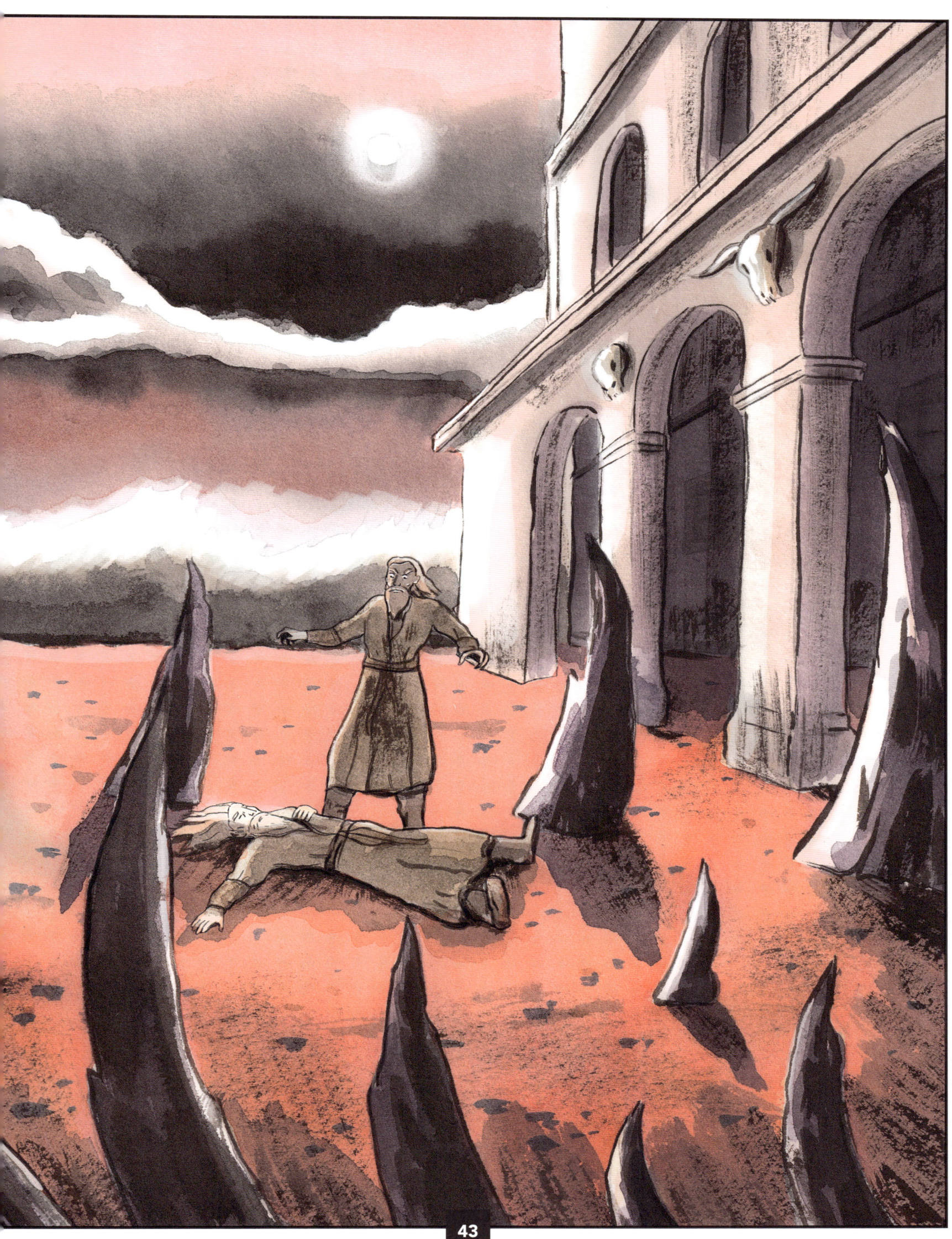

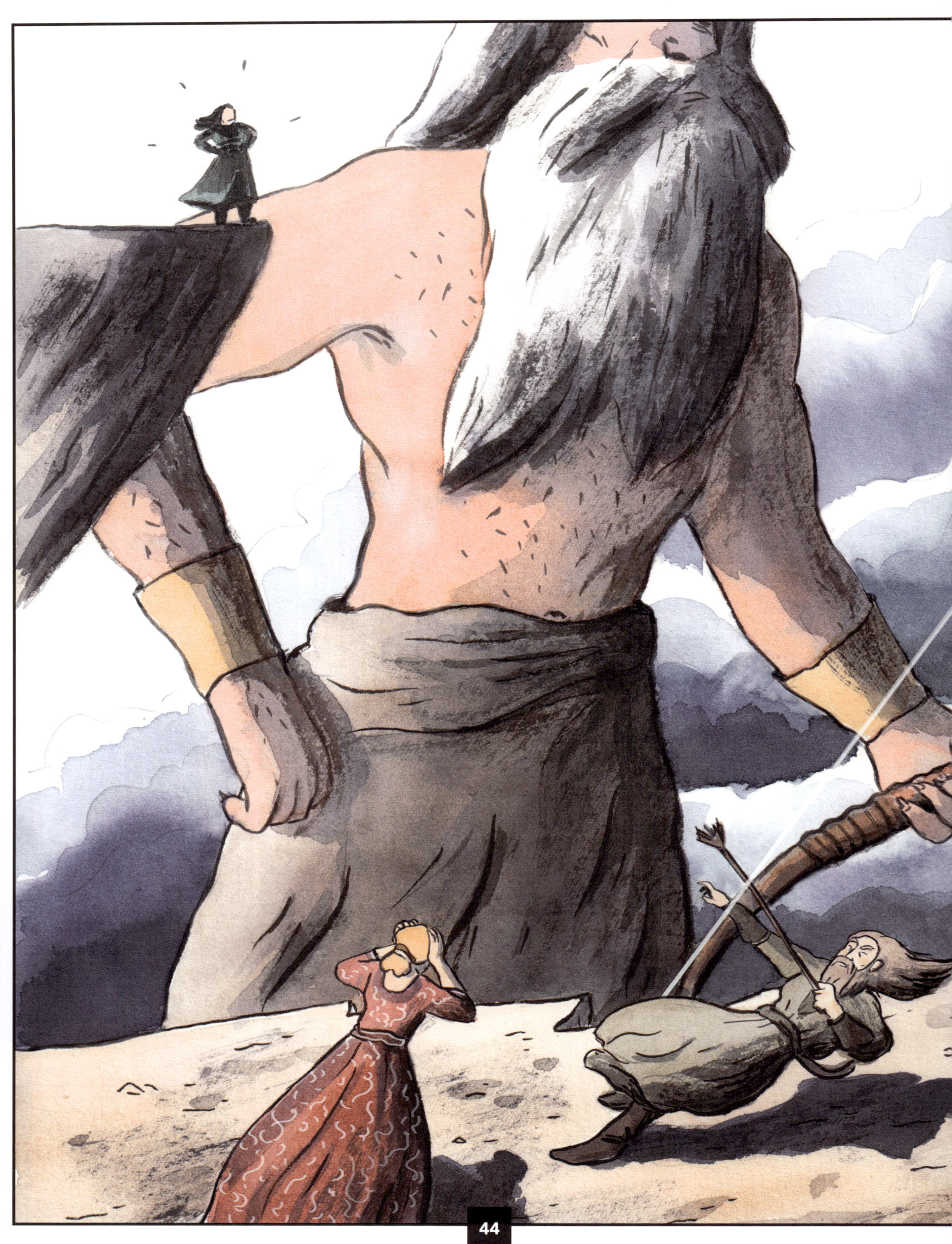

EL JURAMENTO DE LOS JURAMENTOS

Cuando Odín regresa a Asgard, su mujer se niega a aceptar la profecía. «¡Tiene que haber una manera! ¡Baldr no morirá!». Frigg, transformada en halcón, decide recorrer los nueve mundos y pedirle a todo aquel que se cruce en su camino: «Júrame que jamás le harás daño a mi hijo». Todos acceden a sus súplicas. El fuego jura no quemarle; el agua, no ahogarlo. Cada animal promete lo mismo. El hierro y las rocas se comprometen a no cortar nunca su carne ni aplastar su cuerpo. Y todas las criaturas que corren, nadan o vuelan por Yggdrasil prestan el mismo juramento. Solo entonces Frigg vuelve a casa, feliz de poder darle la buena noticia a Baldr y aliviar así sus preocupaciones. Y, como nada puede hacerle daño, los dioses se divierten lanzando al hijo de Odín proyectiles que jamás le golpean. Asombrados, prueban suerte con armas cada vez más potentes. Pero él sale siempre airoso, hasta cuando Thor echa mano de Mjölnir.

•

UNA ARTIMAÑA SINIESTRA

Obviamente, Loki está furioso: Baldr no solo ha recuperado la sonrisa, sino que ahora es invencible. Sin embargo, está convencido de que Frigg no ha podido conseguir que todas las criaturas vivientes hagan esa estúpida promesa. Tiene que haber alguna excepción. A base de astucia y engaños, acaba descubriendo que ha cometido una única imprudencia: ha olvidado el muérdago, una planta parásita que vive en abedules, pinos y otros árboles, y que a primera vista parece bastante inocente. Con una idea ya en la cabeza, Loki se acerca a un dios enorme que se ha mantenido alejado de los que bromean con Baldr.

—¡Mi pobre Höd! ¿No participas en las celebraciones?

—Baldr se ha olvidado de mí, y los demás se niegan a que participe en los juegos —contesta él, apenado—. ¡Y todo porque soy ciego!

—No hay razón para que no puedas disfrutar tú también —dice Loki fingiendo tristeza—. ¡Reparemos esta injusticia! Toma este dardo, yo guiaré tu brazo.

Encantado, el forzudo Höd se acerca al grupo y lanza el minúsculo proyectil con todas sus fuerzas hacia el centro de aquella alegre reunión… En el momento en que este, tallado por Loki con madera de muérdago, atraviesa el corazón de Baldr, las risas y los gritos cesan de repente. El dios supuestamente invencible se desploma, muerto en el acto. Y lo que es peor, el gesto de Höd se cobra una segunda víctima: Nanna, la mujer de Baldr, muere de pena. El muérdago es una planta venenosa.

•

UN INTENTO DESESPERADO

Desesperados, los dioses mandan a Hermod, escudero de Odín, al encuentro de Hel, la soberana del reino de los muertos, para suplicarle que le permita a Baldr regresar a Asgard. Hermod vuelve contento con la noticia de que Hel está dispuesta a liberarle con una condición: que todas las criaturas vivientes sin excepción lloren su memoria. Odín, Thor y los otros Aesir envían mensajeros por los nueve mundos: «¡Llorad por el hermoso y brillante Baldr para que vuelva a ocupar su lugar en el banquete de Asgard!», les suplican. Enseguida, los habitantes de los nueve mundos se lamentan… A excepción de una criatura, solo una: una mujer horrible en el fondo de un horrible agujero perdido en el fondo de una montaña horrible. Por su culpa, Baldr se verá condenado a quedarse en el infierno hasta el fin del mundo. En su agujero, la bruja se ríe con sorna: ¡el brillo verde de sus ojos delata al príncipe del disfraz, el infame Loki!

DE LAS VALQUIRIAS AL VALHALLA

LA ELECCIÓN DE LAS VALQUIRIAS

Nunca las vemos y, sin embargo, las valquirias están ahí, escondidas tras la extraña luz de las auroras boreales. Basta con un movimiento del meñique de Odín para que partan a lomos de sus caballos hacia Midgard para llevar a cabo su macabra misión: sobrevolar los campos de batalla, avistar a los guerreros más valientes y esperar el momento de su muerte. Porque ellas son recolectoras de almas, y no unas almas cualesquiera. ¿Ese soldado que ha muerto a hachazos ha sido heroico? Y esa guerrera atravesada por una espada, ¿ha derramado suficiente sangre enemiga? ¿Se merecen acaso una segunda vida? Así, entre el estruendo de las armas, las valquirias observan, deliberan y eligen a sus candidatos. Al sentir su presencia, los guerreros redoblan sus esfuerzos hasta el último aliento. ¡Saben que, si están entre los elegidos, estas extrañas siervas de Odín los llevarán al reino de los dioses!

•

DE CAMINO AL VALHALLA

En el mundo nórdico, las guerras causan numerosos estragos. Las valquirias recogen cientos, miles incluso, de almas valientes en cada batalla. Cuando cruzan las puertas de Asgard, los guerreros muertos no dan crédito a lo que ven sus ojos. Se saben muertos, pero ¡han llegado a la capital de los dioses! Aquí todo es más grande, más bonito, más lujoso que en Midgard, la tierra de los humanos. Pronto suena el cuerno. A esta señal, llegan hordas enteras al Valhalla, un inmenso salón de reflejos centelleantes. Cuanto más se acercan, más exagerado parece su tamaño. Nadie ha visto una construcción semejante en la Tierra, ni siquiera quienes han viajado por todos los reinos de Europa. En sus muros de color rojo oscuro y dorado, adornados de escudos, armaduras y hachas cruzadas, se abren seiscientas cuarenta puertas tan anchas que por ellas pueden pasar hasta ochocientos guerreros a la vez.

•

LOS INVITADOS DE ODÍN

¿Cómo es el Valhalla? Bajo una estructura de vigas y lanzas que se eleva hasta el cielo, se alinean, hasta donde alcanza la vista, mesas llenas de comida flanqueadas por hileras de bancos. Al resplandor de antorchas y lumbres donde bueyes ensartados dan vueltas en el asador, se encuentra Odín. Sentado en el trono, entre sus dos lobos, Geri el Glotón y Freki el Voraz, se dispone a presidir el banquete de los guerreros. ¡Todos a comer! Aquí, las provisiones son inagotables. La cerveza y el vino fluyen a raudales. Heydrun, la cabra sagrada de Asgard, pace la hierba del tejado y deja que de sus ubres manen chorros de hidromiel: una bebida divina con olor a miel y flores primaverales que pueden beber hasta saciarse sin que los toneles se vacíen nunca. Tampoco pasarán hambre: en su escudilla de oro y madera siempre aparece, como por arte de magia, un filete de carne de buey, ciervo o jabalí. El plato principal es la carne de Sæhrímnir, un jabalí monstruoso al que cada día devoran por completo, pero que revive cada noche. ¡En el Valhalla, el festín no termina nunca!

SÍMBOLO

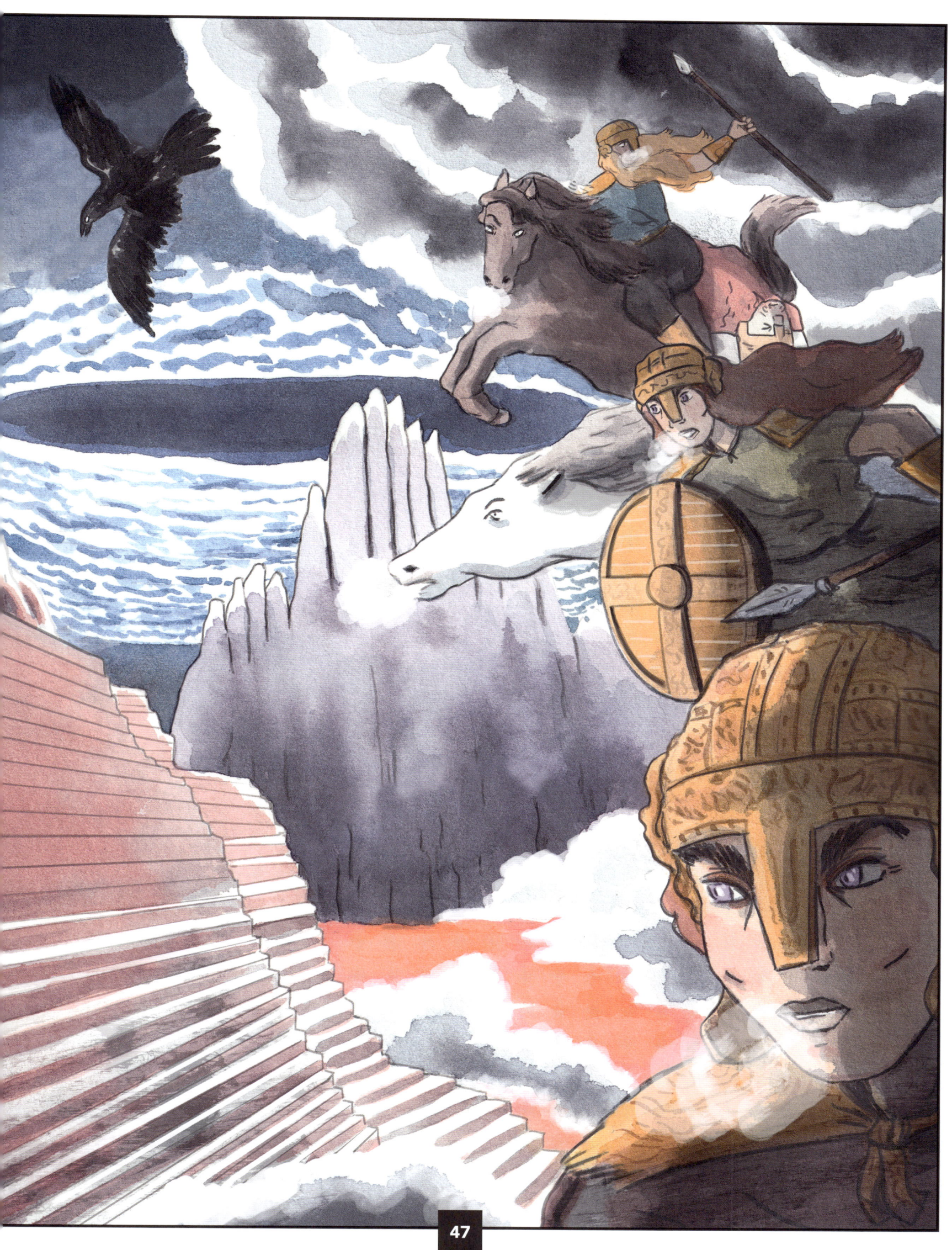

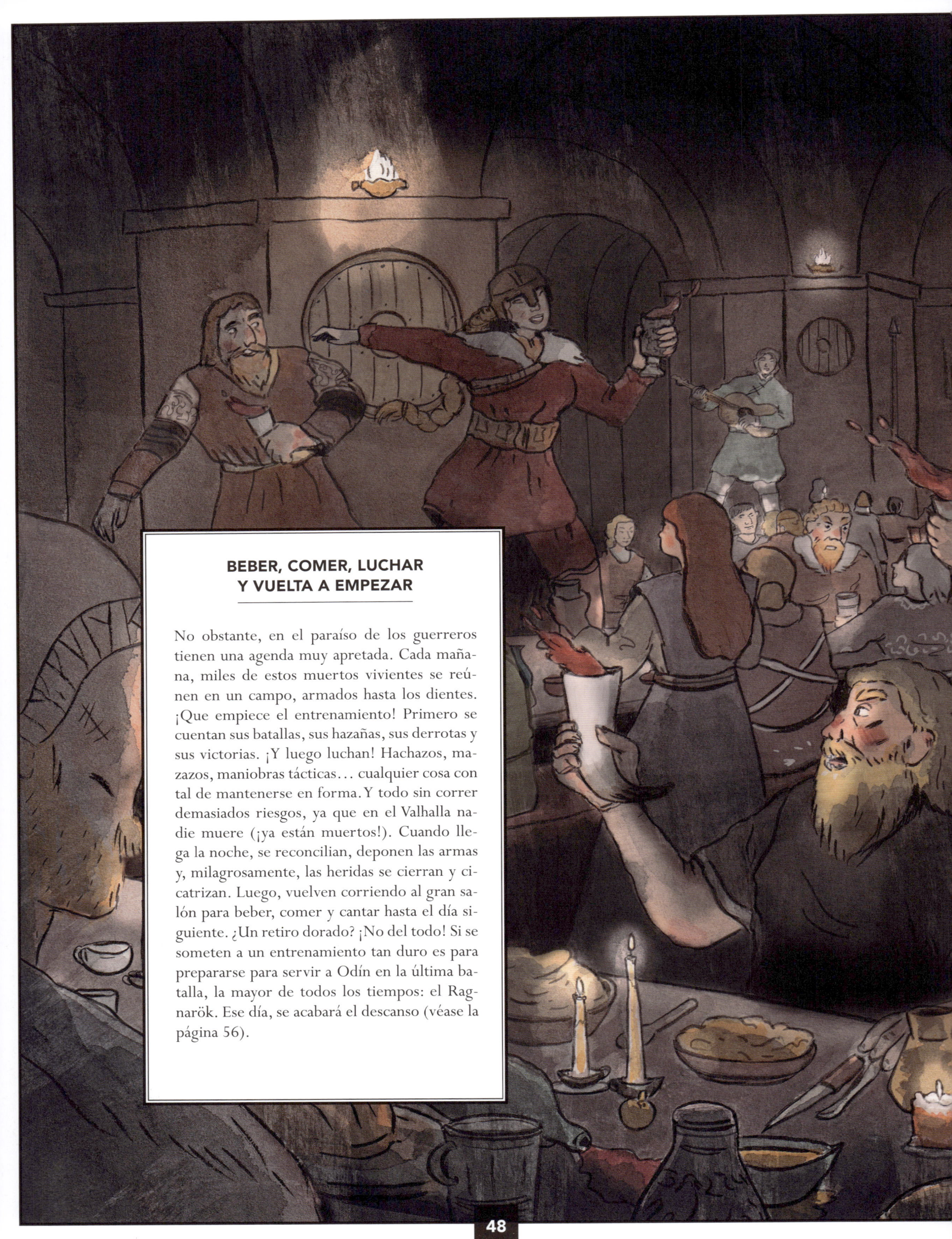

BEBER, COMER, LUCHAR Y VUELTA A EMPEZAR

No obstante, en el paraíso de los guerreros tienen una agenda muy apretada. Cada mañana, miles de estos muertos vivientes se reúnen en un campo, armados hasta los dientes. ¡Que empiece el entrenamiento! Primero se cuentan sus batallas, sus hazañas, sus derrotas y sus victorias. ¡Y luego luchan! Hachazos, mazazos, maniobras tácticas… cualquier cosa con tal de mantenerse en forma. Y todo sin correr demasiados riesgos, ya que en el Valhalla nadie muere (¡ya están muertos!). Cuando llega la noche, se reconcilian, deponen las armas y, milagrosamente, las heridas se cierran y cicatrizan. Luego, vuelven corriendo al gran salón para beber, comer y cantar hasta el día siguiente. ¿Un retiro dorado? ¡No del todo! Si se someten a un entrenamiento tan duro es para prepararse para servir a Odín en la última batalla, la mayor de todos los tiempos: el Ragnarök. Ese día, se acabará el descanso (véase la página 56).

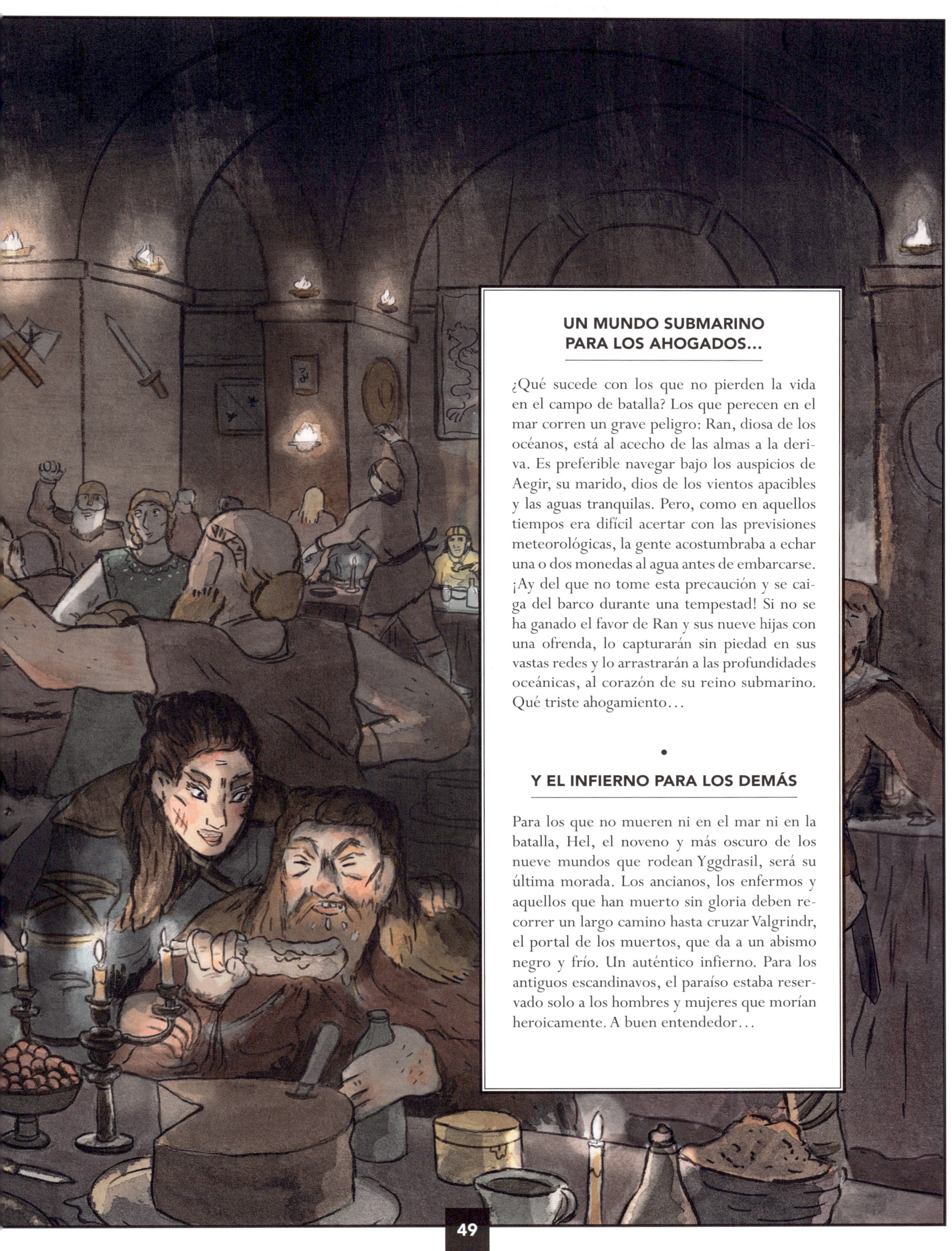

UN MUNDO SUBMARINO PARA LOS AHOGADOS...

¿Qué sucede con los que no pierden la vida en el campo de batalla? Los que perecen en el mar corren un grave peligro: Ran, diosa de los océanos, está al acecho de las almas a la deriva. Es preferible navegar bajo los auspicios de Aegir, su marido, dios de los vientos apacibles y las aguas tranquilas. Pero, como en aquellos tiempos era difícil acertar con las previsiones meteorológicas, la gente acostumbraba a echar una o dos monedas al agua antes de embarcarse. ¡Ay del que no tome esta precaución y se caiga del barco durante una tempestad! Si no se ha ganado el favor de Ran y sus nueve hijas con una ofrenda, lo capturarán sin piedad en sus vastas redes y lo arrastrarán a las profundidades oceánicas, al corazón de su reino submarino. Qué triste ahogamiento...

·

Y EL INFIERNO PARA LOS DEMÁS

Para los que no mueren ni en el mar ni en la batalla, Hel, el noveno y más oscuro de los nueve mundos que rodean Yggdrasil, será su última morada. Los ancianos, los enfermos y aquellos que han muerto sin gloria deben recorrer un largo camino hasta cruzar Valgrindr, el portal de los muertos, que da a un abismo negro y frío. Un auténtico infierno. Para los antiguos escandinavos, el paraíso estaba reservado solo a los hombres y mujeres que morían heroicamente. A buen entendedor...

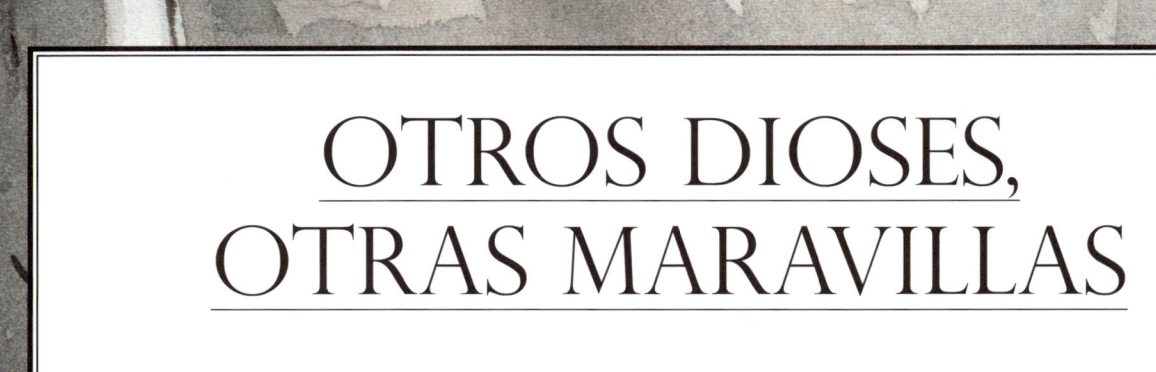

OTROS DIOSES, OTRAS MARAVILLAS

EL BIFRÖST

Los dioses no pasan de un mundo a otro haciendo acrobacias por las ramas de Yggdrasil: el arborismo no es lo suyo. Afortunadamente, tienen otra manera, mucho más segura y, sobre todo, espectacular, de hacerlo: el Bifröst, un gigantesco puente de arcoíris que conduce a cualquier lugar de Asgard y que solo ellos pueden cruzar. ¿Por qué? Pues porque está hecho de una luz tan pura que quemaría las patas, los pies o las pezuñas de cualquier criatura, trol, monstruo o gigante que se atreviese a pisarlo. Y aunque encontrasen el modo de no acabar carbonizados, ahí no habrían acabado sus problemas, porque el Bifröst está custodiado por un guardián, fuerte y atento: Heimdall. Y suerte para los que intenten colarse a hurtadillas: Heimdall no solo no duerme nunca, sino que su vista de lince alcanza hasta los confines del mundo. Ni siquiera una hormiga en zapatillas de andar por casa podría pasar por delante de sus narices sin ser detectada: él oye cómo crece la hierba y cómo caen las hojas…

MJÖLNIR

Cuando uno se pasa buena parte del tiempo atizando a monstruos y gigantes, conviene disponer de la herramienta adecuada, aunque te llames Thor. Por fortuna, el forzudo dios cuenta con la más hermosa de las armas: su poderoso Mjölnir, un martillo mágico que forjaron Brokk y Eitri, los dos enanos herreros con más talento de los nueve mundos. El resultado es una auténtica maravilla: cuando Thor lo lanza contra un objetivo, Mjölnir, que no falla nunca, vuelve a su mano a toda velocidad. Además, jamás se daña y puede reducirse para que su dueño se lo esconda debajo de la camisa hasta que lo necesite, momento en el cual recobra por sorpresa su tamaño habitual. De hecho, solo tiene un defecto: su mango es demasiado corto, por lo cual ha de manejarse con una sola mano. ¿Y quién es el culpable? Loki, como de costumbre. Mientras Eitri forjaba el martillo, el malvado dios se transformó en mosca para distraer a Brokk, que se encargaba de manejar el fuelle. Molesto por el zumbido y los mordiscos del insecto, el pobre artesano estuvo a punto de echarlo todo a perder, pero aun así consiguió aguantar. Bueno… ¡casi!

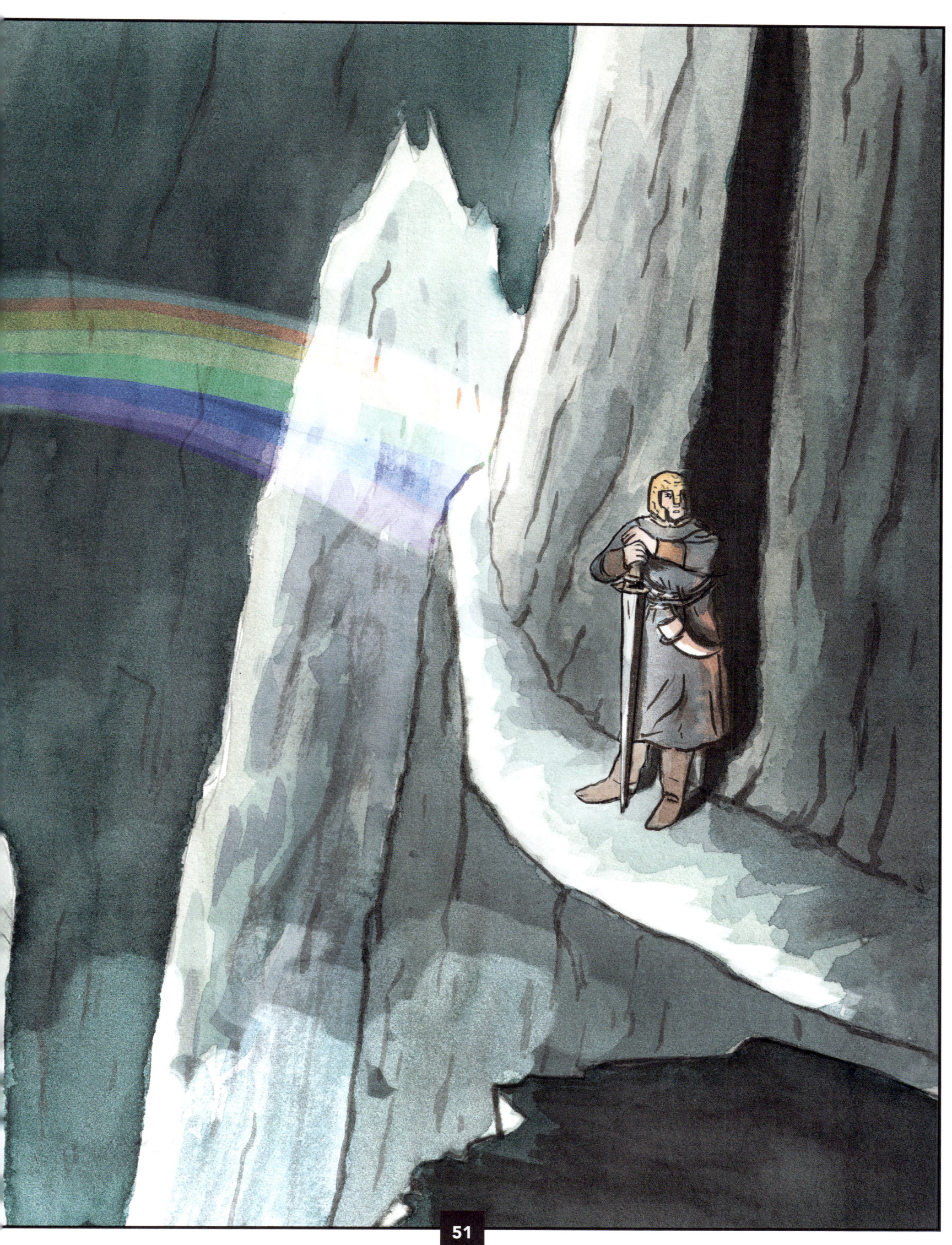

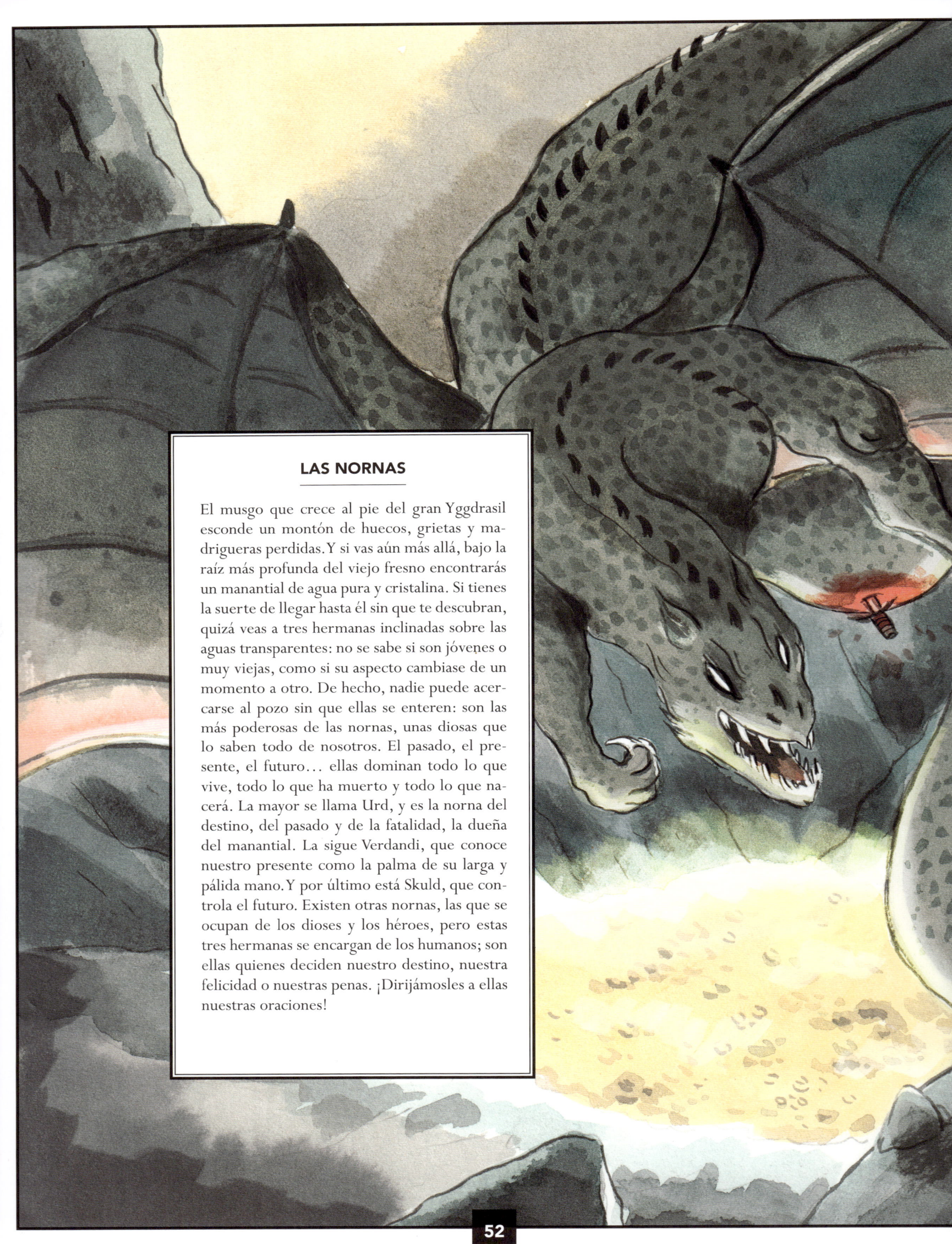

LAS NORNAS

El musgo que crece al pie del gran Yggdrasil esconde un montón de huecos, grietas y madrigueras perdidas. Y si vas aún más allá, bajo la raíz más profunda del viejo fresno encontrarás un manantial de agua pura y cristalina. Si tienes la suerte de llegar hasta él sin que te descubran, quizá veas a tres hermanas inclinadas sobre las aguas transparentes: no se sabe si son jóvenes o muy viejas, como si su aspecto cambiase de un momento a otro. De hecho, nadie puede acercarse al pozo sin que ellas se enteren: son las más poderosas de las nornas, unas diosas que lo saben todo de nosotros. El pasado, el presente, el futuro… ellas dominan todo lo que vive, todo lo que ha muerto y todo lo que nacerá. La mayor se llama Urd, y es la norna del destino, del pasado y de la fatalidad, la dueña del manantial. La sigue Verdandi, que conoce nuestro presente como la palma de su larga y pálida mano. Y por último está Skuld, que controla el futuro. Existen otras nornas, las que se ocupan de los dioses y los héroes, pero estas tres hermanas se encargan de los humanos; son ellas quienes deciden nuestro destino, nuestra felicidad o nuestras penas. ¡Dirijámosles a ellas nuestras oraciones!

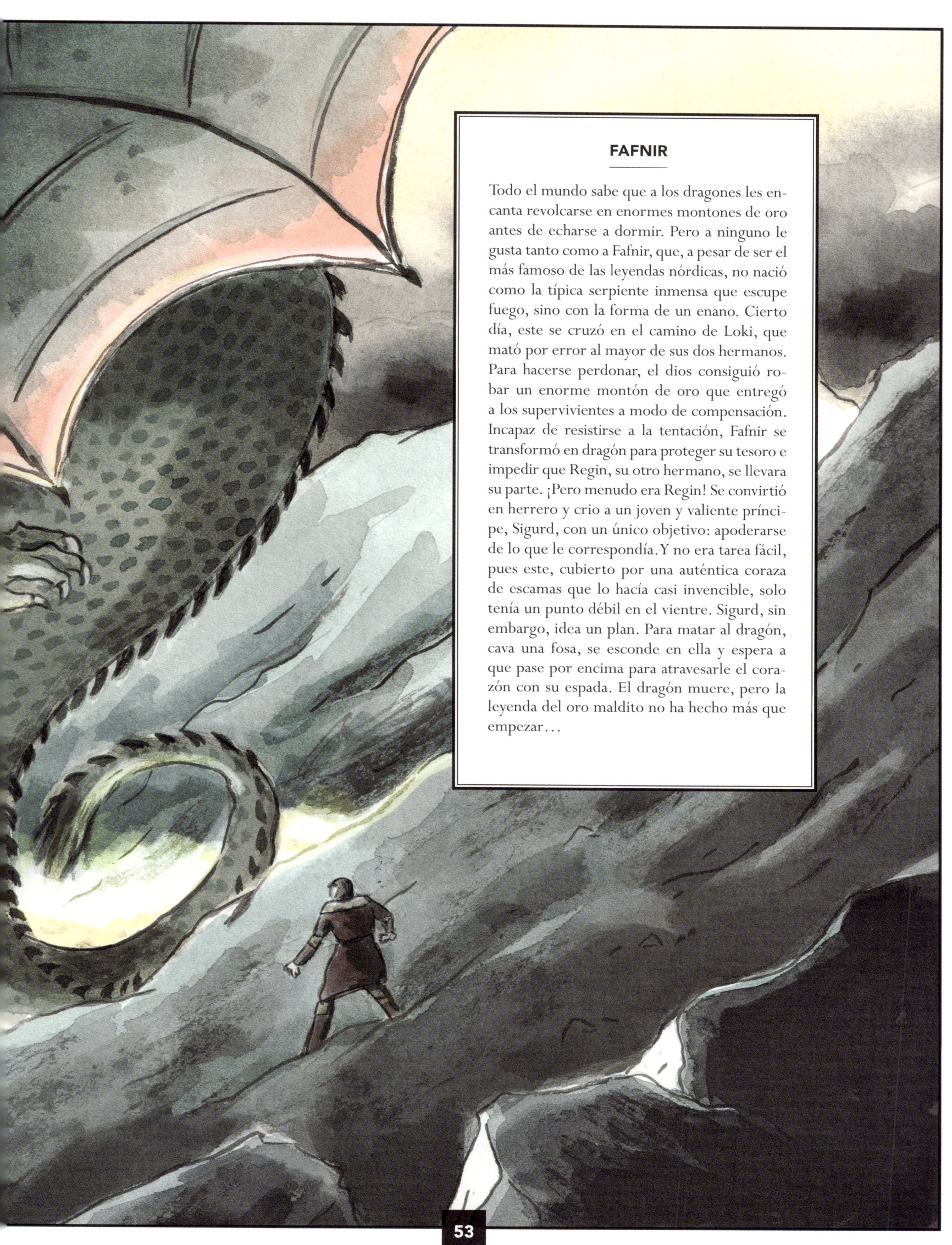

FAFNIR

Todo el mundo sabe que a los dragones les encanta revolcarse en enormes montones de oro antes de echarse a dormir. Pero a ninguno le gusta tanto como a Fafnir, que, a pesar de ser el más famoso de las leyendas nórdicas, no nació como la típica serpiente inmensa que escupe fuego, sino con la forma de un enano. Cierto día, este se cruzó en el camino de Loki, que mató por error al mayor de sus dos hermanos. Para hacerse perdonar, el dios consiguió robar un enorme montón de oro que entregó a los supervivientes a modo de compensación. Incapaz de resistirse a la tentación, Fafnir se transformó en dragón para proteger su tesoro e impedir que Regin, su otro hermano, se llevara su parte. ¡Pero menudo era Regin! Se convirtió en herrero y crio a un joven y valiente príncipe, Sigurd, con un único objetivo: apoderarse de lo que le correspondía. Y no era tarea fácil, pues este, cubierto por una auténtica coraza de escamas que lo hacía casi invencible, solo tenía un punto débil en el vientre. Sigurd, sin embargo, idea un plan. Para matar al dragón, cava una fosa, se esconde en ella y espera a que pase por encima para atravesarle el corazón con su espada. El dragón muere, pero la leyenda del oro maldito no ha hecho más que empezar...

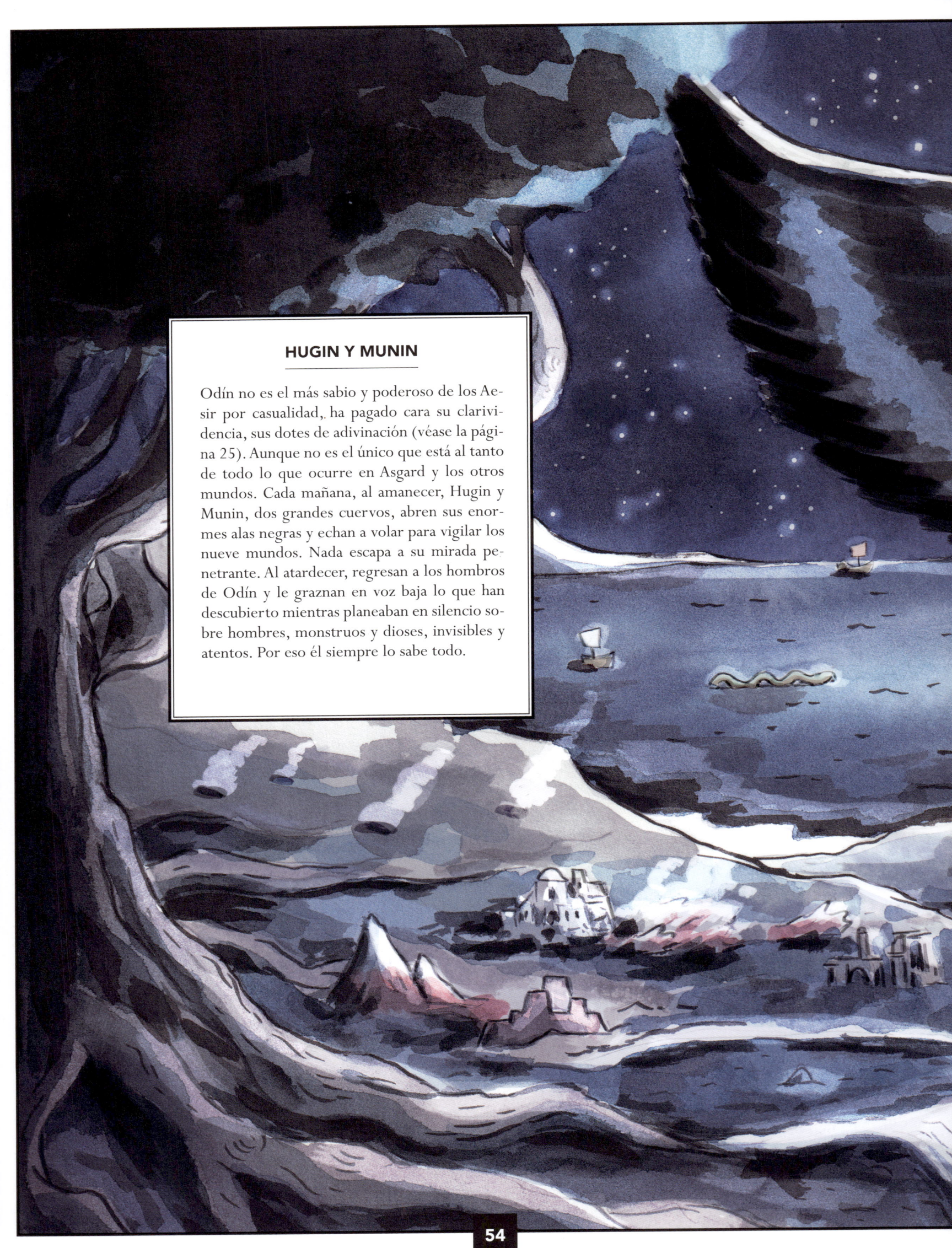

HUGIN Y MUNIN

Odín no es el más sabio y poderoso de los Aesir por casualidad, ha pagado cara su clarividencia, sus dotes de adivinación (véase la página 25). Aunque no es el único que está al tanto de todo lo que ocurre en Asgard y los otros mundos. Cada mañana, al amanecer, Hugin y Munin, dos grandes cuervos, abren sus enormes alas negras y echan a volar para vigilar los nueve mundos. Nada escapa a su mirada penetrante. Al atardecer, regresan a los hombros de Odín y le graznan en voz baja lo que han descubierto mientras planeaban en silencio sobre hombres, monstruos y dioses, invisibles y atentos. Por eso él siempre lo sabe todo.

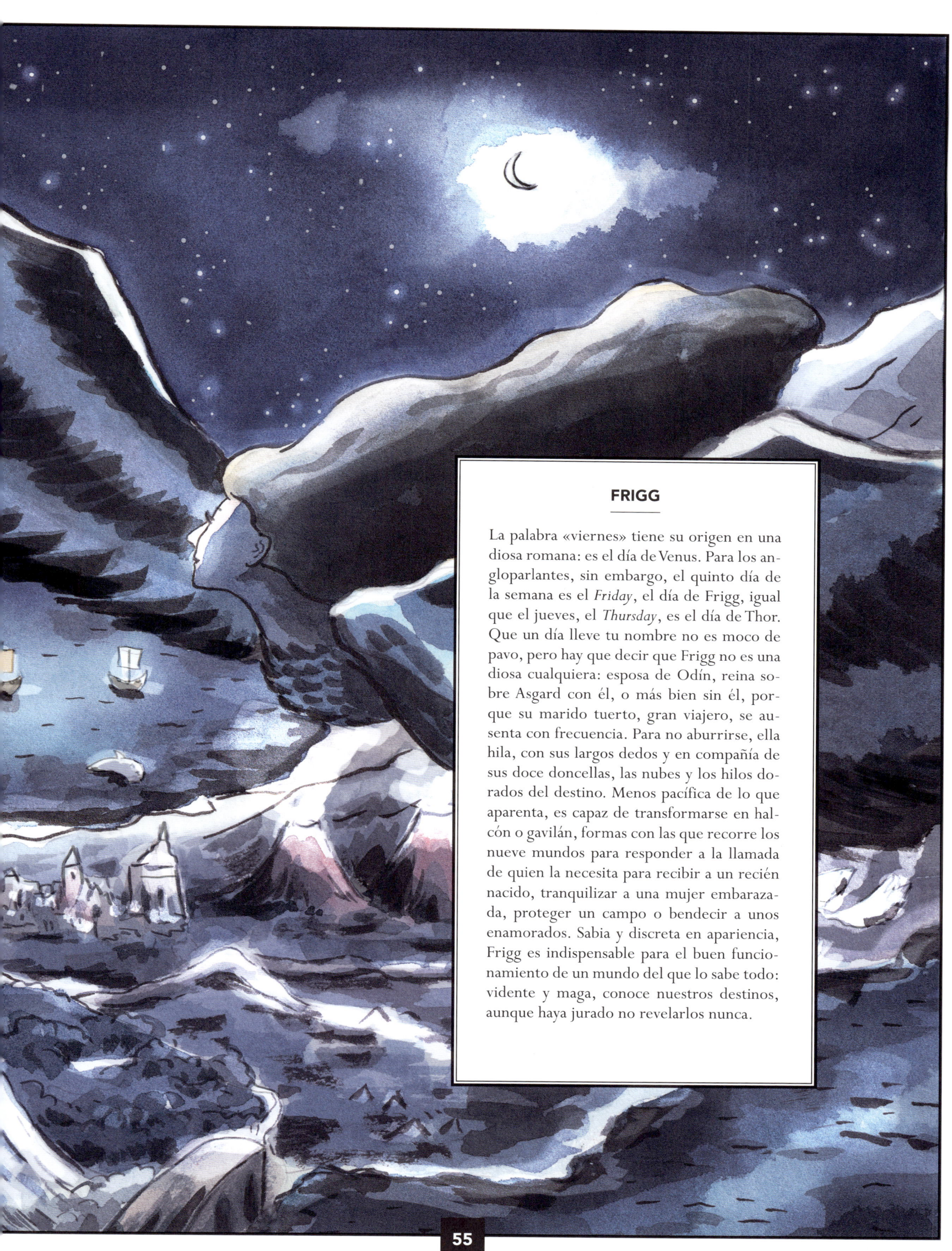

FRIGG

La palabra «viernes» tiene su origen en una diosa romana: es el día de Venus. Para los angloparlantes, sin embargo, el quinto día de la semana es el *Friday*, el día de Frigg, igual que el jueves, el *Thursday*, es el día de Thor. Que un día lleve tu nombre no es moco de pavo, pero hay que decir que Frigg no es una diosa cualquiera: esposa de Odín, reina sobre Asgard con él, o más bien sin él, porque su marido tuerto, gran viajero, se ausenta con frecuencia. Para no aburrirse, ella hila, con sus largos dedos y en compañía de sus doce doncellas, las nubes y los hilos dorados del destino. Menos pacífica de lo que aparenta, es capaz de transformarse en halcón o gavilán, formas con las que recorre los nueve mundos para responder a la llamada de quien la necesita para recibir a un recién nacido, tranquilizar a una mujer embarazada, proteger un campo o bendecir a unos enamorados. Sabia y discreta en apariencia, Frigg es indispensable para el buen funcionamiento de un mundo del que lo sabe todo: vidente y maga, conoce nuestros destinos, aunque haya jurado no revelarlos nunca.

RAGNARÖK, EL FIN DE LOS NUEVE MUNDOS

UNA ÉPOCA DE NIEVE Y LOBOS

Todo lo que se narra en este libro sucedió hace mucho, mucho tiempo incluso, cuando los nueve mundos estaban recién creados. Pero ¿qué pasa con los tiempos venideros, esos que solo una adivina, una völva, puede vislumbrar a través de la niebla? Pues bien, la völva ha visto el terrible Ragnarök, el crepúsculo de los dioses. El Ragnarök comenzará cuando canten tres gallos. Un terrible invierno se abatirá sobre Midgard, seguido de otro y otro más, más frío que el invierno más frío que haya habido nunca. No habrá más primavera, solo nieve, hielo y vientos huracanados. El suelo temblará, las montañas se desmoronarán y los volcanes escupirán ceniza suficiente para cubrir la tierra, las llanuras y los bosques. De las ciudades más grandes solo quedarán ruinas, polvo y escombros, promete la völva. «¡Tiempo de hachas, tiempo de espadas, tiempo de tormentas y de lobos! Antes de que el mundo se desmorone, nadie le perdonará la vida a nadie». Cuando la humanidad haya desaparecido por completo, comenzará la última gran batalla entre gigantes, monstruos y dioses. ¡El clímax del espectáculo!

EL SOL, DEVORADO

Hijo maldito de Loki, el lobo Fenrir hará sonar sus mandíbulas, libre ya del cordón mágico que le estrangulaba el hocico. Y él es cualquier cosa menos un manso lobato… Sus ojos y su nariz despiden llamas, sus dientes pueden morder las estrellas y sus garras rajar continentes. ¡Cuesta creerlo! Devorará el sol con sus inmensas fauces. En las profundidades marinas, su hermana Jörmundgander, una gigantesca serpiente marina, escupirá su veneno a las aguas y envenenará los mares. ¡Prohibido darse un baño!

EL REGRESO DE LOKI

Esto es solo el principio. La vieja guerra entre Odín, Thor y los dioses, por un lado, y los gigantes y los monstruos, por otro, estallará definitivamente. El cielo se desgarrará para dejar paso a los ejércitos de Surt, un gigante de fuego armado con una espada flamígera. Tras ellos, el Bifröst se derrumbará y sus colores se apagarán para siempre. Loki, una vez más, llamará a la carga al frente de las huestes más inmensas y temibles que se hayan visto nunca, pues en ellas se agrupan todas las legiones de Hel, donde esperaban los guerreros que perdieron la vida sin honor, privados del Valhalla y dispuestos a vengarse. Juntos formarán filas detrás de Loki, que estará al timón de un barco de pesadilla, el *Nagflar*, construido con las uñas de los muertos. Heimdall, el viejo guardián que todo lo ve, hará sonar el cuerno: ¡a las armas, dioses de Asgard, se acercan las hordas de los muertos!

EL CREPÚSCULO DE LOS DIOSES

Así dará comienzo el Ragnarök o, dicho de otro modo, ¡la mayor batalla de todos los tiempos! Odín se enfrentará al lobo Fenrir y Thor desafiará a la serpiente Jörmundgander. Frey retará en duelo a Surt, el gigante de fuego: él será la primera víctima, muerto en

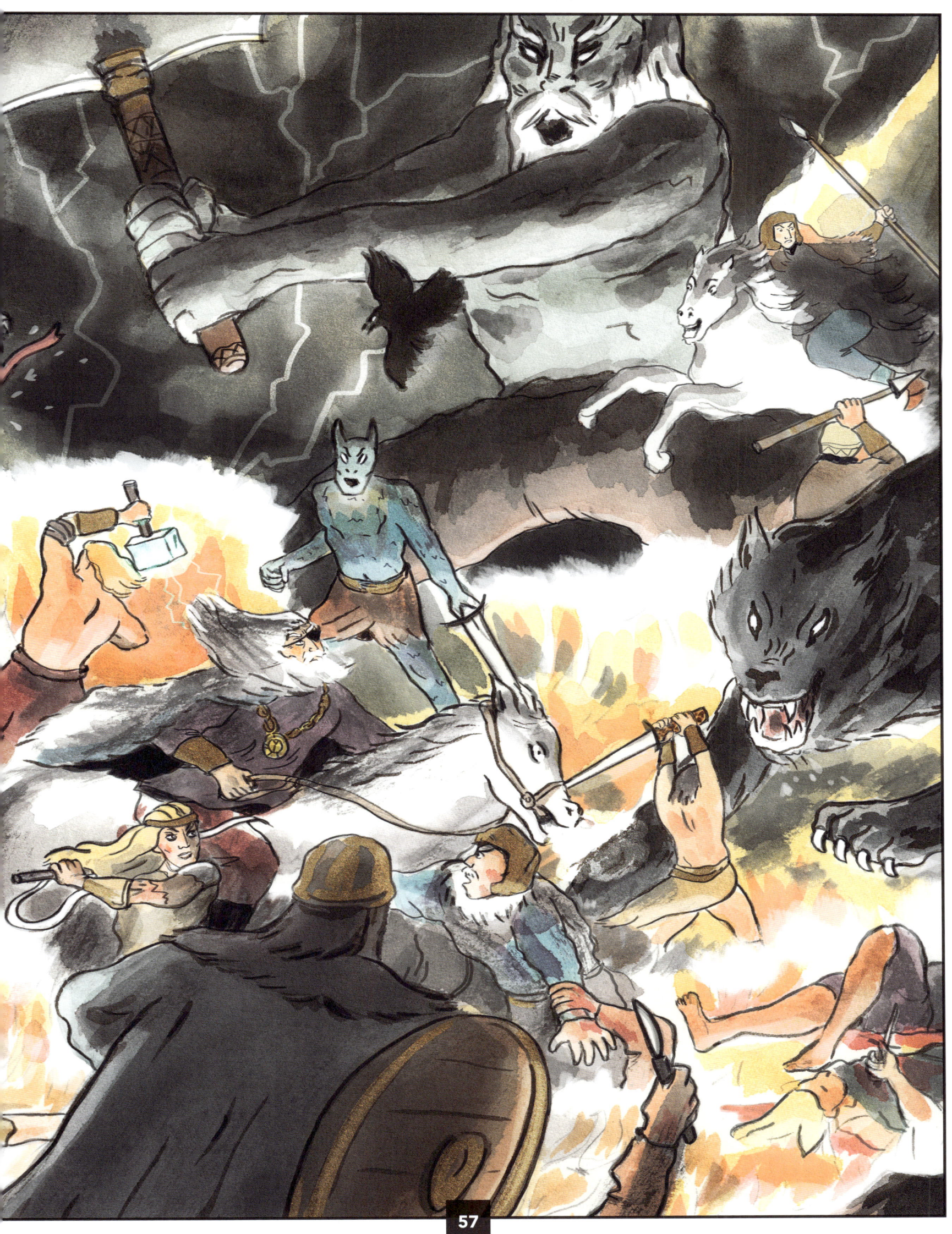

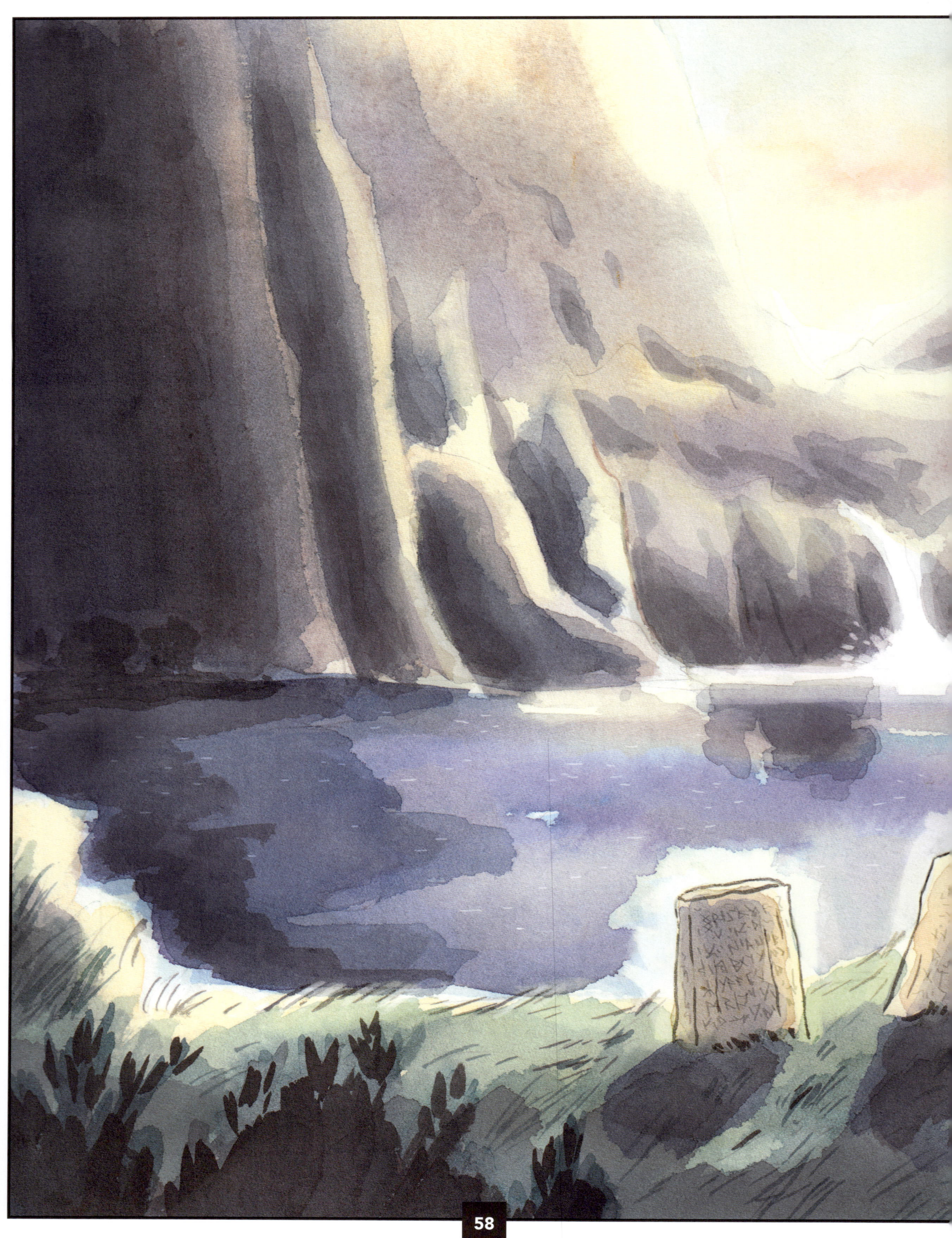

el acto por la espada flamígera de su adversario. Thor decapitará a Jörmundgander, pero el monstruo escupirá su veneno sobre él: el más poderoso de los dioses aún dará nueve pasos antes de desplomarse. Odín morirá con un chasquido de mandíbulas justo cuando intente clavar su lanza en las fauces de Fenrir. Vidar, el dios mudo, lo vengará aplastando la cabeza del lobo con su bota mágica. Pronto solo quedarán unos pocos dioses en pie, entre ellos Heimdall el guardián y Loki el astuto, que se matarán entre sí antes de hundirse en el fango helado. Surt, aún con vida, levantará su espada de fuego por última vez y provocará un incendio gigante. El universo entero quedará reducido a cenizas. ¿Es este el último capítulo en la historia del mundo? No exactamente…

•

Y SIN EMBARGO…

Heimdall, que todo lo ve, lo sabía: no está todo perdido. El Ragnarök solo es el fin de los nueve mundos. Fenrir ha devorado a Sol, diosa del sol, pero a esta le ha dado tiempo a dejar una hija. Frágil, pero viva, tomará el relevo de su madre. A pesar de que la tierra está asolada, pronto emergerá otra, verde y tranquila, de las profundidades del mar. Aunque Odín ha caído en combate, dos de sus hijos, Modi y Magni, han sobrevivido, junto con algunos más: Vidar, Vali, Hord y Baldr, el más sabio, resucitado de entre los muertos. Juntos, hallarán el santuario de Idavoll, intacto entre las ruinas de Asgard, y allí encontrarán las tablillas de oro grabadas con runas, unas escrituras mágicas que los ayudarán a reconstruir el universo. Entonces, entre las raíces de Yggdrasil, Lif y Lifthrasir, la última pareja de humanos a los que el viejo fresno ha protegido durante la colosal batalla, apartarán las hojas para salir tímidamente a un mundo nuevo. Y vuelta a empezar…

PRIMERA EDICIÓN: febrero de 2025
TÍTULO ORIGINAL: *Les Dieux nordiques*

First published in France under the title:
Les Dieux nordiques
Raphaël Martin, Jean-Christophe Piot, Amélie Clavier
© 2022, Éditions de La Martinière, 57 rue Gaston Tessier, 75019 Paris
© de la traducción, Diego de los Santos, 2025
© Errata naturae editores, 2025
C/ Sebastián Elcano 32, oficina 25
28012 Madrid
info@erratanaturae.com
www.erratanaturae.com

ISBN: 978-84-19158-88-8
DEPÓSITO LEGAL: M-27477-2024
CÓDIGO BIC: YNX
MAQUETACIÓN: Jorge García Valcárcel
IMPRESIÓN: Edelvives
IMPRESO EN ESPAÑA - PRINTED IN SPAIN

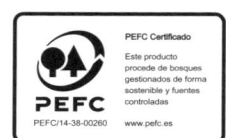

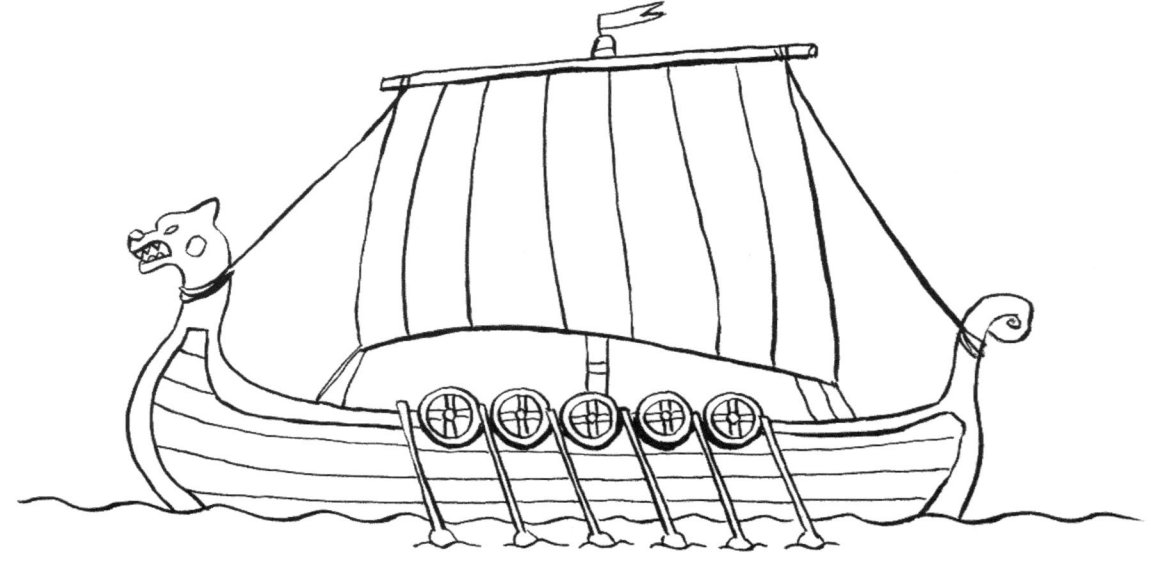

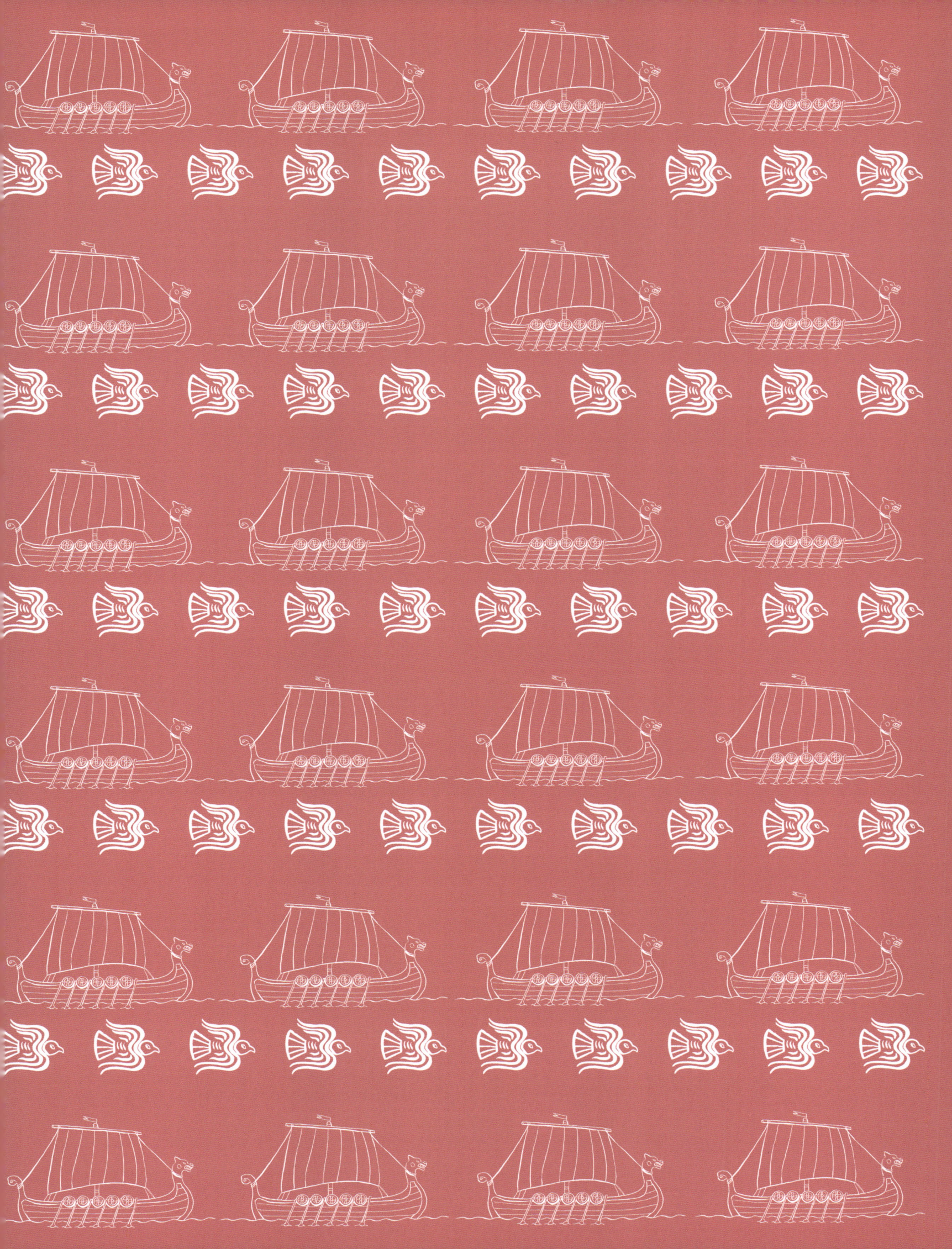

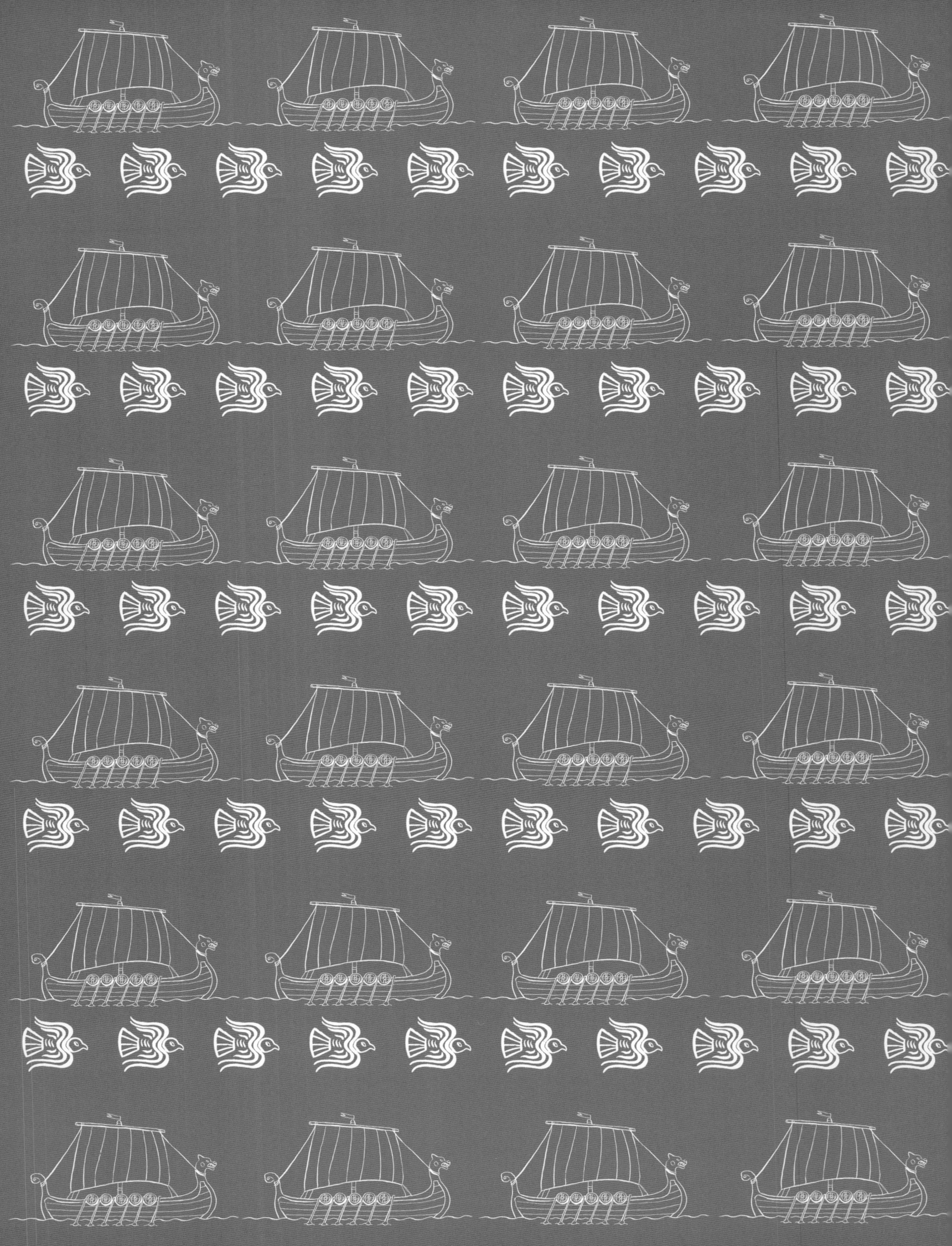